노경실의
세상을 읽는 책과 그림이야기

노경실의

세상을 읽는
책과 그림이야기

21세기북스

한 장의 그림,
한 페이지의 잠언

요즈음 '삼촌부대' '이모부대' 없이는 '아이돌'도 없다고 합니다. 이것은 긍정적, 부정적 영향을 떠나 각종 문화 콘텐츠에 인위적 경계가 무너졌다는 것을 말해주지요. 그런데 안타깝게도 '책의 세계'에서는 이러한 흐름이 보이지 않는 듯합니다.

아무리 좋은 그림책이라 하더라도 어린이책 분류에 들어가면 어른들은 웬만해서 손에 들지 않습니다. 책방에서도 어른들은 어린이책 코너는 눈길 한번 주지 않은 채 휘이 지나칩니다. 아이를 키우는 엄마들이나 선생님들만이 관심을 가질 뿐이지요. 더구나 어린이책을 사랑하는 열혈엄마들도 아이가 고학년으로 올라가게 되면 빠르게 잊고 맙니다. 이주헌 미술평론가는 '사람들은 그림책은 어린이들만 읽는 책이며, 그림책의 그림은 글을 보조해주기 위해 들어가 있는 삽도에 불과하다는 것이라는 편견과 오해를 갖고 있어서 참으로 안타깝다'고 말합니다. 그래서 나는 글을 쓰기 시작했습니다.

한 권의 그림책에 우리네 삶의 이야기가 얼마나 정겨이 녹아 있는지!

사람과 사람의 속살이 얼마나 정직하게 마음과 마음을 전해주는지!

어린이와 어른의 세계를 넘나드는 일상의 흔적이 그래도 살 만한 내일을 보여주는지를!

우리는 말합니다. 인문학과 철학의 바탕 없이는 우리 아이들의 미래가 불안할 뿐이라고. 그것은 바로 지금 우리들의 모습을 말하는 게 아닐까요? 그러한 바탕과 혜택 없이 경제 발전과 민주화 과정의 쓰라린 과정을 통과하느라 척박한 삶의 과정을 쌓은 우리의 모습 말입니다. 그래서 우리 아이들에게는 풍부한 양질의 삶을 물려주고 싶은 게 아닐까요? 그 첫걸음이 바로 인문학과 철학의 토대가 되는 좋은 그림책을 어린이와 부모가 함께 읽고 나아가 풍성한 '생의 대화'로 이어지는 것이라고 믿습니다. 그래서 세상을 읽는, 곧 사람과 사람의 마음을 풀어가는 그림과 글의 세계로 여러분을 초대합니다.

2011년, 하얀 눈 다정히 내리는 일산 흰돌마을에서, 노경실

덧붙이는 글 이 글은 단순한 책소개로 내용을 그대로 전하는 형식이 아니랍니다. '책의 중심'을 잡고 작가의 시선으로 그림과 글을 통한 세상이야기를 나누는 것이지요. 그래서 홑따옴표의 대화 같은 경우 책의 행간 속을 산책하고 난 뒤 느낀 작가의 생각이지요. 여러분도 여기에 소개된 책을 한 권 한 권 찾아서 여러분만의 독특한 책읽기와 해석, 즉 책을 통한 세상 바라보기의 즐거움을 맛보길 바랍니다.

차 례

제1장

사랑은 새벽에도 따뜻하고
한밤중에도 빛난다

제2장

우리는 얼마나 울어야 하나

제3장

즐거운 곳에서 날 오라 하여도

제4장

참 아름다워라, 그대여!

제1장

사랑은
새벽에도 따뜻하고
한밤중에도 빛난다

나를 위해 조용히
내 뒤에 서 있는 그 사람

　　　　　뒤로, 옆으로, 돌아서서……. 따위의 별다른 설명이
없다면 '걷는다'라는 말은 보통 앞으로 가는 행위이다. 그 '앞으로'는 '어디
로'라는 목적지를 궁금케 하고 부정보다는 긍정의 걸음을 연상하게 한다. 가
령 작가가 절망한 주인공의 행로를 그릴 때 '모든 것을 잃은 그는 깊은 한숨을
내쉬며 앞으로 앞으로 걸었다'라고 했다면 무언가 희망의 여지를 보여주는 것
일 게다.

　이렇듯 '앞으로 걷는다'는 희망과 긍정의 상징이다. 물론 그 상징은 다른 모
습이 될 수도 있다. 때로는 옆으로 가거나, 뒤로 물러서거나, 제자리에 멈춰
서는 것이 옳은 때도 있으니 말이다.

　말기 환자의 고통을 덜어주는 호스피스 전문의인 오츠 슈이치가 쓴 베스트
셀러『죽을 때 후회하는 스물다섯 가지』라는 책을 읽었다. 여기에는 만나고
싶은 사람을 만났더라면, 기억에 남는 연애를 했더라면, 죽도록 일만 하지 않

앗더라면, 가고 싶은 곳으로 여행을 떠났더라면, 고향을 찾아가 보았더라면 등을 포함해 삶과 죽음의 의미를 진지하게 생각했더라면, 친절을 베풀었더라면, 맛있는 음식을 많이 맛보았더라면 등 아주 사소한 목록이 나온다.

지금 건강한 사람의 입장에서 시한부 인생을 생각한다면 당장이라도 모두 할 수 있는 것들이다. 그러나 죽음에 대해 전혀 생각하지 않고 늘 일상에 지쳐 있는 우리에게 이런 항목들은 사치로만 여겨진다. 나는 '혼자' '앞으로' 달려가고 있어서 너무 바쁘고 힘들다라는 생각 때문이 아닐까?

여기 한 아이도 앞으로 걷고 있다(글자 없는 그림책 속의 아이는 청년 같기도 하고 젊은 가장처럼 보이기도 하지만, '나'이기도 하다. 설정은 책을 보는 사람 마음대로이다. 그것이 글자 없는 그림책의 특권이므로). 나는 이미 하얀 눈길과 까만 겨울밤의 세상을 걸어온 뒤, 하늘을 뒤덮은 어두운 겨울 숲길로 들어선다. 나뭇잎 사이로 간신히 볼 수 있는 달빛과 별빛은 오히려 눈을 어지럽힌다. 나를 지켜주는 것은 목도리와 가방뿐. 그저 그런 목도리와 가방은 어설픈 불량배조차 탐을 내지 않을 테니, 나는 내리는 함박눈을 즐기면서 아무 걱정 없이 걷는다. 고단했고 정신없었고 사람들과 부대꼈던 하루는 눈과 함께 발밑에 묻어버린다.

그런데 언제부터인가 등 뒤에서 수상한 소리가 들리고 으스스한 그림자가 따라온다! 두려움에 오그라드는 내 마음을 꿰뚫어보고는 나를 노리며 한 발 한 발 다가오는 무시무시한 눈동자, 내가 걸어갈 다음 길까지 훤히 알고 후드득 날아와 막아설 것 같은 섬뜩한 그림자.

'누가 내 뒤를 따라오는 걸까? 왜, 무엇 때문에 나를 좇아오는 걸까?'

나는 무작정 뛰기 시작한다. 나는 이제 어떻게 되는 걸까? 집으로 갈 수 있을까? 나는 조용히 평온히 살고 싶은데. 나, 그렇게 잘못한 일 없이 살고 있는데. 대단한 성공이나 출세를 바라지도 않아. 집에만 가면 되는데…….

아…… 너였구나! 등 뒤에서 나를 두려움에 떨게 하고, 온갖 자책을 하게 만든 '그것'은 내가 사랑하며, 언제나 나를 지켜주는 '존재'였다. 나는 반가움과 안도감에 소리친다. 존재를 꽉 안고 놓아주지 않는다.

"가지 마! 내 옆에 있어 줘!"

그런데 말이야, 나는 왜 불안에 떨고 의심에 몸 사렸을까. 차라리 처음 그 순간에 홱 고개 돌려 맞닥뜨렸다면 겨울밤 숲길을 이렇게 힘들게 통과하지 않았을 텐데. 나는 왜 늘 이 모양이지? 다음부터는 절대 안 그럴 거야.

세상의 모든 위선과 추악한 떼거리들은 물론 선이니, 아름다움이니, 행복이니, 평등과 정의니 하며 꽤나 이름값 하는 것들조차 부끄러움으로 잠시 겸손하게 만드는 흰 눈의 세상에서, 나는 존재와 함께 뒹군다. 그리고 어느새

나는 겨울밤의 세상을 통과하여 내가 가고자 했던 그곳의 불빛을 만난다. —책 속의 아이는 마치 인생의 한 통과의례를 치른 듯하다. 그래서 청년의 얼굴로도 보이나 보다.

 수신확인

호수공원에 가면 뒤로 걷는 노인들을 자주 본다. 그들의 등 뒤를 볼 때마다 생각한다. 내 등 뒤는 어떤 모습이며 무슨 색깔일까? 지금 내 뒤에 누가 있을까? 나는 내가 사랑하고 아끼는 이의 등 뒤에서 조용히 응원하고 격려하며 걸어본 적이 언제이던가. 사뭇 흰 눈이 기다려진다.

빵과 희망의 무게는 다르지 않다

지금 우리는 무상급식 문제로 시끌벅적하다. 전국의 모든 초중등 학생에게 점심 무상급식을 실시하겠다는 민주당의 당론 때문이다. 이를 반대하는 사람들은 '전면 무상급식은 가장 시급한 일도 아니고 부유층 자녀들까지 무상 지원하는 것은 부의 재분배 차원에서 옳지 않다. 그러니 현재 13퍼센트(약 97만 명)인 무상급식 대상자 비율을 중산층을 포함하는 50퍼센트로 단계적으로 올리자'는 대안이 제시되고 있다.

교육과학기술부에 따르면 전면 무료급식을 하려면 매년 약 2조 원이 필요하다고 한다. 한 의원은 '어려운 학생들에게 무상급식을 제공하는 것은 지방자치단체가 마땅히 해야 할 일이지만 전면 무상급식을 위해서는 세금을 더 걷거나 다른 교육예산을 깎아야 한다. 그 돈이라면 보육예산을 올리거나 과학실험실, 체육시설, 다목적강당을 확충해 교육의 질을 높이는 게 더 시급하다. 또 전면 무상급식은 사회주의 국가를 제외하면 핀란드와 노르웨이 등 북유럽 일부 국가만 시행하고 있다'고 말했다.

매일 세 끼 꼬박꼬박 잘 먹는 아이들이건, 하루 한 끼조차 겨우 먹는 아이들이건, 어른들이 진정 어린이들을 생각하고 아껴서 이런 논쟁으로 다투고 있는지 모르겠다. 또 그네들이 하루 한 끼를 나라에서 '얻어먹는' 아이들의 자존감에 대해 한 번이라도 생각해 보았는지 묻고 싶다.

더구나 '쇼크'라고까지 표현되는 전 세계적인 경제 불안 상황에서 우리는 단어에 대한 느낌마저 저도 모르게 달라지는 경험을 하게 된다. 그것은 안에서 표출되는 느낌이 아니라 밖에서 내 안으로 강하게 주장하고 들어오는 듯한 메시지이기도 하다.

가령, '빵 한 덩어리'에 대해 말할 때 달콤함이나 풍성함보다는 눈물 젖은 빵이나 빵 한 덩어리를 품고 달아나는 어린 부랑아를 떠올리게 되는 것처럼. 현실의 문제가 판단력은 물론 오감까지 지배하는 듯하다.

이처럼 『부바네 희망가게』가 문을 열기 전까지만 해도 마을 사람들은 저마다의 문제들로 절망하고 있었다. 그런데 어느 날부터 코끝을 파고들어 마음으로까지 스며드는 냄새에 사람들은 그곳을 찾아 모여든다.

부바가 과자를 구워 파는 곳이다. 하지만 부바의 과자는 그저 배를 채우고 잠시 입 안을 즐겁게 하는 밀가루와 설탕 덩이가 아니다. 언젠가는 다리가 나을 거라는 희망을 가진 무샤 아저씨, 전쟁에 나간 남편이 돌아오기를 기도하는 우유 가게 아주머니, 아메드를 짝사랑하는 마리카 아가씨, 무료로 나누어 주는 구운 과자를 받기 위해 목요일마다 찾아오는 아이들까지. 그들은 성찬과 축복의 세례를 받듯 부바의 희망가게를 찾는다.

그런데 갑자기 부바가 사라진다. 마을 사람들은 실망에 빠져 슬퍼하다가

부바의 희망 요리책을 찾아낸다. 그리고 지혜와 마음을 모아 부바가 만들었던 희망 과자를 마을 사람들 스스로 만들어낸다. 시간이 지날수록 요리법은 다양해진다. 새로운 과자는 물론 더 맛난 과자도 만들게 된다.

　사람들마다 안고 있는 문제는 아직 해결된 것 없지만 이제 그 문제들은 더 이상 사람들을 괴롭히지 못한다. 문제는 사람의 주인 노릇을 하지 못하고, 사람은 문제에 노예처럼 끌려 다니지 않는다. 그리고 처음 가게가 조용히 문을 열었던 것처럼 어느 날, 조용히 부바가 돌아온다. 부바는 변화된 마을 풍경에 사람들과 함께 기쁨을 나눈다.

　작가는 어린이들에게 희망이라는 추상적인 개념을 방금 구운 과자의 달콤한 냄새, 갖가지 즐거운 과자 모양과 맛을 통해 전한다. 또 함께 반죽하고 굽고, 마침내 '함께 먹고 나눔'이 희망의 참모습임을 아이들의 입 안에 과자처럼 쏘옥 넣어준다.

아녜스 드 레스트라드 글, 톰 상 그림, 박선주 옮김

 수신확인

희망은 맛있다고 한다. 물론 먹어야 그 맛을 알겠지만,
함께 먹으면 더 맛있다고 한다. 물론 함께 먹자고 내가 먼저 말해야겠지!

우리 다시 만나지 못하는가

　　　　　발렌타인데이와 화이트데이도 지났으니 이제는 사탕 한 알 주고받지 못한 외로운 자들이 시커먼 자장면 먹는 블랙데이만 남은 셈인가? 그날에는 여친, 남친 없는 초등학생들도 자장면집을 찾는다는데……. 어른들은 이렇게 말할 거다.

　"조그만 것들이 사랑이 뭔지나 안다고!"

　어허, 그런 말씀 마소! 『신데렐라』 『백설공주』 『인어공주』 『콩쥐팥쥐』 『춘향전』 심지어는 『플랜더스의 개』나 『슈렉』도 결국은 남녀의 사랑이야기가 바탕이 아니던가. 그래서인지 사랑에 대한 이야기는 아무리 해도 지겹지 않다.

　언젠가 휴일 오후에 호수공원을 산책하고 있는데 하얀 피부의 젊은 두 외국인 남녀가 다정하게 걷는 모습을 보게 되었다. 순간, 이런 생각이 들었다.

　'어느 나라 사람들인지 모르겠지만 천리만리 먼 이국땅에서도 제 짝을 찾아 저렇게 사랑을 나누다니! 대단한 인연이 아니던가? 복 많은 사람들이구면. 그런데 나는 우리나라 땅에서 혼자 뭐 하고 있는 거지? 아, 내 짝은 어디 있는

건가? 나도 머나먼 타국으로 가야 내 짝을 찾을 수 있단 말인가?'

이런 생각을 하다 보니 '꾀꼬리 오락가락, 암수 서로 노니는데, 외로워라 이 내 몸은, 뉘와곰 돌아가랴'라는 유리왕의 「황조가」가 생각났다. 내가 지인들에게 이 철없는 이야기를 했더니 박장대소를 했다. 그렇게 외로우면 연애를 하라면서! 그러나 연애이든 사랑이든 내 마음대로 할 수 있는 거라면 이 세상 동서고금을 막론하고 사랑에 대한 이야기는 책이든 노래이든 그림이든 어느 순간 멈추었을 거다. 사랑은 그렇게 마음대로 되지 않는다. 서너 살짜리도 알 것이다. 유치원 선생님이 가르쳐주지 않아도 저절로 터득한다. 책이나 학원에서 배우지 않아도 저마다 앎의 과정을 거친다.

몽골에 전해 내려오는 마두금의 기원 전설을 새롭게 창작한 작품 『마두금 이야기』 역시 절절한 사랑이야기를 들려준다.

주인공인 후르는 부끄럼 잘 타고 형제간의 우애 좋은 평범한 양치기 소년이다. 그러나 나라의 국경을 지키는 병사가 되면서 용맹한 청년으로 성장한다. 후르는 전쟁터에서 한 여자를 만나 아름다운 사랑을 하게 되지만 그녀와 헤어져야 하는 상황 속에 놓인다. 그런데 하늘의 도움이던가. 날개 달린 명마 조롱 할의 도움으로 사랑하는 여자와 다시 만날 수 있게 된다. 그 만남은 모든 악조건을 헤치고 이루어진다. 그러기에 후르는 한 번 한 번의 만남을 위해 온 힘과 정성과 뜻과 마음을 다한다.

하지만 대초원에서 이루어지는 순전한 사랑도 비극으로 이어진다. 절세미인 부잣집 딸의 등장이다. 그녀는 후르에 대한 자신의 마음이 거절당하자 미칠 듯한 분노와 질투로 후르의 말을 무참히 죽인다. 사랑하는 이를 만날 수 있

는 유일한 통로인 말이 죽었다! 후르가 피투성이 말을 끌어안고 통곡하는데 신기한 일이 일어난다. 죽은 말이 마두금이란 악기로 다시 태어난다. 마두금은 이제 다시는 사랑하는 이와 영영 만날 수 없는 후르의 가슴 찢어지는 고통과 외로움을 달래주며 그가 대초원의 한줌 흙이 될 때까지 함께한다.

그 이후로 몽골의 어느 집(게르)에나 말의 꼬리로 만든 두 줄의 현악기인 마두금이 걸려 있게 되었다. 사람들은 기쁜 일이 있을 때는 물론 사랑하는 사람을 그리는 마음을 감당하기 힘들거나 가족처럼 아끼는 말을 잃었을 때도 마두금을 연주하며 노래한다.

마두금의 특별한 점은 또 있다. 새끼에게 젖을 물리지 않는 낙타 앞에서 이 악기를 연주하면 낙타가 눈물을 흘리며 젖을 물린다고 한다. 그래서인지 후르의 애통한 사랑이야기는 몽골의 대초원을 가로지르며 바다를 건너고 산을 넘어 우리에게까지 전해지고 있다.

마두금 이야기 | 샘터출판사, 2008
료 미치코 글, 시노자키 마사키 그림, 김수경 옮김

 수신확인

사랑하는 이의 존재가 너무 당연해서 그 사람을 마치 오래된 옷장이나 냉장고처럼, 무심히 쳐다보며 세월 보내는 건 아닌지요? 그러지 마소! 저 푸른 하늘이 휘익 얼굴 붉힐 만큼 사랑합시다.
사랑이 깊다 하여 비난하거나 조롱할 사람은 어무도 없습니다. 오히려 부러움과 질투심으로 「황조가」를 부르겠지요.

사랑하고 사랑받고……
거기에 나는 왜 없나

"아저씨, 아저씨, 우체부 아저씨, 큰 가방 메고서 어디
가세요? 큰 가방 속에는 편지, 편지 들었죠. 동그란 모자가 아주 멋져요! 편지
요, 편지요! 옳지, 옳지 왔구나, 시집간 언니가 내일 온대요!"

어릴 적 동생들과 손잡고 걸어가며 부르던 노래가 아직도 생생하다. 세상
곳곳의 소식을 들려주는 네모난 라디오와 사람들의 온갖 이야기를 전해주는
동그란 모자의 우체부 아저씨. 우리들은 그를 기다리고 반겼으며 그것으로
족했다.

하지만 지금은 제목만 보기에도 바쁠 정도로 넘치는 세계 뉴스, 상상도 못
했던 오만 가지 인간 이야기, 차라리 몰랐다면 좋았을 별의별 정보까지 제각
각 '무진장 공짜'라는 허가증을 내세우며 제 마음대로 파고들어와 우리 머리
를 핑핑 돌게 하고 가슴을 먹먹하게 한다.

그런데도 마초바처럼 자신만 외롭고, 아무도 자기에게 관심을 가져주지 않

는다며 '혼자'라는 우울함과 세상일이 자신과 아무 관계없이 흘러간다는 상실
감에 빠진 이들이 많아지고 있다. 노래이야기 하나를 더해보자.

"당신은 사랑받기 위해 태어난 사람, 당신의 삶 속에서 그 사랑 받고 있지
요. 당신이 이 세상에 존재함으로 인해 우리에게 얼마나 큰 기쁨이 되는지."

이제 국민송이 된 이 노래는 가스펠이다. 그러나 가사가 주는 위로에 사람
들은 감동한다. 만약 이 노래의 가사가 '당신은 사랑을 베풀기 위해 태어난 사
람, 당신이 사랑을 나누어줄 때마다 우리에게 얼마나 큰 기쁨이 되는지'였다

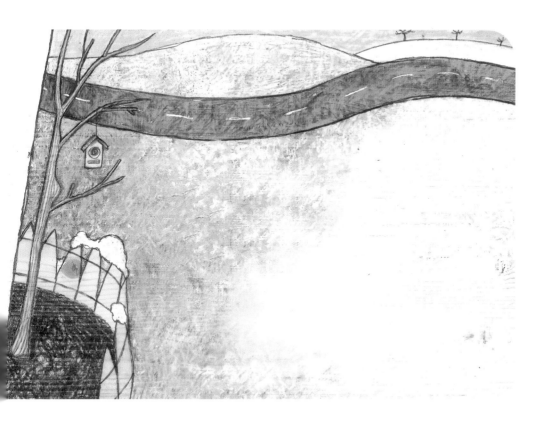

면 사람들은 이 노래를 따라 부르고 휴대폰에 저장했을까?

　마초바 아줌마는 모든 사람들이 나만 빼놓고 무엇이든 함께 즐기고 편지와
선물도 주고받으며 서로 사랑하며 행복하게 산다고 생각한다. 늘 그런 마음
으로 세상을 바라본다. 마초바 아줌마는 다음과 같이 생각하지 않았을까?
　'나보다 뚱뚱한 악어 아줌마도 사랑을 하고 있어. 지독한 방귀쟁이 스컹크
아가씨도 연애하느라 신이 났어. 늙은 앵무새 영감과 영양 할머니도 날마다

데이트를 하는데…… 나는 왜 혼자이지? 나는 못생기지도 않고, 지저분한 방 귀쟁이도 아니고, 흉하게 주름진 노파도 아닌데.'

마초바 아줌마가 늘 부러운 마음으로 세상을 내다보는 창가는 행복한 판타지 영화를 24시간 틀어주는 극장의 스크린 앞과도 같다. 마초바 아줌마는 '왜 아무도 나에게 마음을 주지 않을까? 왜 누구도 나를 사랑하지 않을까? 왜 아무도 내가 이토록 외로운지 알아주지 않는 걸까?'라는 생각에 슬퍼하며 스크린 앞에서 동경과 절망의 탄식을 목으로 넘긴다. 물 대신 눈물과 함께.

마초바 아줌마에게

~가 재미있는 일을 함께 하지 않을래요?

그리고 나중에 저와 함께

따뜻한 ☕ 한 잔 마실래요?

전 매일 아침 당신을 보고

하루 종일 당신을

생각한답니다.

안녕히 계세요.   …로부터

그런데 어느 날, 마초바 아줌마에게 편지가 배달된다.

"나와 함께 따뜻한 차 한 잔 마실래요? 나는 아침마다 당신을 보고 하루종일 당신을 생각합니다."

마초바 아줌마는 심장이 터질 듯하다.

"누구지?"

편지지와 봉투를 수십 번 살핀다. 그런데 이름이 없다. 하지만 이제 그런 건 중요하지 않다. 아무 문제도 되지 않는다. 마초바의 얼굴이 점점 환해진다. 날마다 한숨과 눈물 어린 얼굴로 바라보던 세상도 달라 보인다. 빛나는 태양도, 바람에 춤추는 나뭇가지도, 먹이를 물고 바삐 날아가는 새들도, 꽃을 사라고 외치는 아주머니도……. 모두가 마초바 아줌마를 위해 존재하는 것 같다.

보낸 사람이 누구인지 알 수 없는 편지는 날마다 오게 된다. 누가 마초바 아줌마에게 왜 편지를 보냈을까? '아침마다 나를 본다면 분명 나랑 같은 마을에 살고 있을 거야!'라고 생각한 마초바 아줌마는 판타지 스크린을 뒤로하고 감옥 같은 영화관을 나온다. 그것은 자신에 대한 석방명령이자 신나는 독립이다.

하리에트 그루네발트 글, 젤다 마를린 조간치 그림, 이유림 옮김

 수신확인

특별한 휴양처가 아니더라도 휴일이면 어느 곳이든 가족들과 연인들의 물결이 넘실댄다. 어느 곳이든 너무도 외로워서 햇빛조차 버거운 이들이 많다는 말이다. 초등학생들도 커플링을 끼고 빼고 웃었다 울었다 하는데 우린 안 되나?

울지 마, 울지 마, 울지 마, 내 동생아

'꽃남' 열풍을 몰고 온 몇몇 드라마의 후유증은 초등학생들에게도 전염병처럼 번졌다. 후배 가족을 만났을 때, 나는 으레 어린이들에게 하는 질문을 했다.

"커서 뭐가 되고 싶어?" "나도 재벌 회장이 될 거예요!"

내가 후배 아들의 주저 없는 대답에 떨떠름한 표정을 짓자 후배의 머쓱한 웃음과 함께 이어진 말. "그래도 우리 아들은 나은 거예요. 다른 애들은 자기 엄마한테 아파트 부녀회장 같은 거 말고 재벌 회장 되라고 조른대요."

아이들을 탓할 수 없다. 인기 드라마의 남녀 주인공들은 대부분 잘난 부모 덕에 실장님, 본부장님, 이사님이 되어 밤낮을 가리지 않고 사랑 전쟁을 하니 말이다. 그러다 보니 아이들은 제 스스로 노력하여 '세상의 명함' 한 장 얻는 것을 상상조차 못한다. 그 한 장 때문에 부모들이 얼마나 힘들고 때로는 비굴할 정도로 서러운 일을 참아내는지 짐작조차 못한다. 설사 안다 하더라도 그것은 실패한 사람이 당연히 걸어야 할 길이요, 못난 자들의 구차한 자기변

명이라고 여길 뿐이다. 그뿐 아니라 세상의 변변치 않은 '명함'을 지닌 부모를 무시하기까지 한다.

"나 같으면 우리 아빠처럼 살지 않아!" "우리 엄마나 아빠처럼 살 바에는 자식을 낳지 않을 거야. 왜 자식들을 고생시켜?"

왜 모르는 걸까? '아빠' '엄마'라는 이 '한 장의 명함'이 얼마나 소중하며 아무나 쉽게 가질 수 없다는 것을. 그래서 그 이름만으로도 존경과 대접을 받아야 한다는 것을.

달랑 '막내'라는 직함밖에 없는 야스모토 스에코는 아침마다 눈을 뜨면 '먹고살아야 하는 전쟁'을 치른다. 전쟁의 시초는 1927년으로 올라간다. 스에코의 부모는 그해에 전남 보성에서 일본 남부 규슈의 탄광지대로 건너간다. 하지만 부모는 두 아들과 두 딸을 남겨둔 채 하늘나라로 떠난다. 아버지의 49재인 1953년 1월 22일부터 스에코의 일기는 시작된다.

부모 없는 네 남매이며 식민지 국가가 되어버린 재일한국인의 서러움과 배고픔 기록의 시작이기도 하다. 동생들을 위해 탄광일을 하는 큰오빠는 한국인이기에 정식광부가 되지 못한 채 낮은 임금과 고된 일 끝에 병에 걸린다. 언니는 한 입이라도 줄이기 위해 멀리 떠나 남의 집살이를 한다.

열 살인 스에코는 자기보다 겨우 두 살 위인 작은오빠, 니안짱('니안짱'이라는 말을 우리말로 옮기면 '작은오빠'라는 뜻이지만, 흔히 쓰이는 일본어가 아니라 스에코의 집에서만 사용했던 말이다. 스에코가 작은오빠를 이름으로 부르니까 스에코가 부르기 쉽도록 아버지가 '니안짱'이라는 호칭을 지어준 것이다)을 의지할 뿐이다. 스에코와 니안짱은 여러 이웃집에 맡겨지지만 차가운 눈길을 견딜 수 없어 매번

나오게 된다. 스에코는 이렇게 쓴다.

'만약 쫓겨난다 하더라도 나는 아저씨를 원망하지 않을 것입니다. 처음에는 도와주셨으니까요. 지금까지 맡아주신 것만 해도 고마운 일입니다.'

그러던 어느 날, 작은오빠마저 돈 벌러 무작정 길을 떠난다. 부모님을 보고파 하는 스에코의 마음은 언니와 오빠들에 대한 걱정과 사무친 그리움으로 바뀌며, 그것은 어린 소녀를 단단하게 만든다. 또 자기처럼 가난하고 힘든 사람늘에 대한 애정도 커진다.

"내가 가난하기 때문인지, 나는 그런 사람을 보면 가슴이 찢어지는 것처럼 아픕니다. 모양새나 옷차림이 더럽다는 이유만으로 다른 사람들에게 업신여김과 미움을 받기 때문입니다."

이제 차별과 멸시와 외로움과 배고픔 따위는 네 남매가 한데 모여 사는 소망과 계속 공부를 하고픈 희망 앞에서 걸림돌이 될 수 없다. 1954년 9월 3일 금요일에 일기장은 마침표를 찍는다. 네 남매는 아직 함께 모여 살지 못하고 스에코는 남의 집에서 숨을 죽이며 홀로 잠자리에 든다. 상황은 예측할 수 없으며 곧 겨울이 될 것이다. 그러나 놀랍게도 어린 소녀는 포기하지 않는다.

'반드시 우리 네 남매에게도 밝은 등불이 환하게 비출 날이 있겠지요.'

니안짱 | 산하출판사, 2005
야스모토 스에코 글, 허구 그림, 조영경 옮김

수신확인

일본인들이 스에코 네 남매의 가슴에 각인을 하듯 퍼부었던 '더러운 조센징, 너희 나라로 가!'라는 말에 분노를 느끼십니까? 그런데 지금 우리가 똑같은 말을 피부색 다른 노동자들에게 슬김에라도 던지니……. 사람의 마음과 혀는 여간해서 변하지 않는 듯합니다. 참, 스에코는 훗날 와세다 대학 문학부를 졸업했지요.

그대, 늘 내 곁에 있어서, 몰랐어

고등학교 때 철모르고 불렀던 「세상의 끝The end of the world」란 노래. 그런데 이상하게도 요즈음 이 노래를 부르다 보면 까닭 없이 두 눈에 눈물이 고인다. 나이 탓인가?

"나는 사랑하는 이와 헤어져 이리도 가슴이 아프고 세상은 아무 소망 없는 절망의 지점인데 어떻게 햇살은 아무 일도 없다는 듯 저리도 밝게 빛나고, 새들은 오늘도 명랑하게 노래하며, 태양은 왜 빛나고 있는 걸까요? 세상이 끝났다는 걸 그들은 모르는 걸까요? 아침에 눈을 뜨면 세상이 이전과 변함이 없다는 사실에 놀라곤 합니다. 나는 도저히 이해할 수 없어요. 어떻게 세상은 이전과 똑같을 수 있을까요? 나는 사랑을 잃어버려 세상의 끝에 있는데⋯⋯."

우리는 노랫말처럼 사랑하는 이들이 곁에 있을 때는 그 고마움을 잘 모른다. 심지어 가끔은 그 존재에게서 잠시나마라도 달아나려 한다.

절절이 사랑하는 연인이 아니더라도 누구 표현대로 껌처럼 내 인생에 붙어 있는 친구나 가족 역시 그러하다. 그래서 아이들은 자라면서 한 번쯤은 '내가 고아였다면 얼마나 자유로이 살까?'라는 상상을 해본다. 결혼한 이들은 아내가 친정에 가거나 남편이 출장을 가면 '이제 자유다!' 하고 속으로 환호를 지른다. 학생들은 선생님이 아파서 하루 못 나온다는 소식을 들으면 저희들끼리 '만세!' 하며 히죽히죽 웃는다.

  왜 이리 좋은지, 왜 이리 그런 소식이 반가운지. 그렇다고 그 존재들이 완전히 내 인생에서 사라지길 바라는 것은 절대 아니다. 다만 얼마간 내 옆에 없다는 것이 좋을 뿐이다. 그러다가도 힘들거나 아쉬울 때 가장 먼저 찾는 이는 바로 그 존재들이다. 어떤 경우에는 스스로 잠적하고픈 욕망에 사로잡히기도 한다. 내가 없으면 나를 얼마나 아쉬워할까, 나를 얼마나 그리워할까, 나를, 나를, 나를, 얼마나, 얼마나……

  프랑스 무똥 마을의 프랑스와가 그런 의도로 잠행을 한 건 아니다. 규칙을 잘 지키며 남을 배려하는 따뜻한 마음의 성실한 프랑스와는 헌신적인 가장이

며 투철한 직업정신을 갖춘 우체부이다. 그래서 무뚱 마을은 그를 통하지 않으면 새로운 소식도, 새로운 물건도 다른 마을 사람들과 나누지 못할 정도이다. 프랑스와는 그것만으로도 자부심에 차 있고 행복하다. 자신이 시장님이나 서장님도 아니지만 모두 다 자기를 필요로 하고 있으니 말이다.

그렇다고 늘 바쁜 마을 사람들이 우체부를 영웅 대우를 하는 건 아니다. '그것은 그의 일이니까'라고 생각한다. 빵집 주인이 빵을 팔고, 피자 배달부가 피자를 전해주고, 세탁소 주인이 다림질을 하듯이.

그런데 하루는 프랑스와가 우편물을 배달하던 도중 서커스단의 잃어버린 곰을 찾는 일을 도와주러 단원들과 함께 숲 속으로 들어갔다가 길을 잃는다. 그러다 멧돼지에게 쫓기고 사슴 무리에게 갇히고 벌떼에게 쫓기다가 마침내 산림 감시원의 의심을 받아 지하실에 갇힌다. 예상치 못한 일주일의 실종이 된다.

그 일주일 동안 마을은 혼란에 휩싸인다. 약혼자의 편지를 받지 못하고 아이의 생일선물도 도착하지 않는다. 환자의 검사 결과 학교의 준비물도 배달

되지 않는다. 프랑스와의 가족은 깊은 슬픔에 빠지고 마을 사람들은 우체부를 찾아 나서지만 그림자도 볼 수 없다. 사람들은 일상의 불편함을 견디기 힘들어 새 우체부를 데려오기로 한다. 다행히 곰을 찾은 우체부와 서커스 단원들은 일주일 만인 일요일 밤에 원래의 자리로 돌아온다.

　정든 서커스 단원들과 헤어진 프랑스와는 지치고 힘들지만 그동안 배달하지 못한 우편물을 집집마다 전한다. 아직 프랑스와의 귀환을 모르는 사람들은 내일 아침이면 깜짝 놀라리라. 하지만 너무 늦은 밤이라 누구도 그 사실을 모른 채 달콤하게 잠을 자고 있고, 마을은 깊은 고요 속에 평안한 밤을 보낸다.

클레르 프라네크 글 · 그림. 김혜정 옮김

 수신확인

　슬퍼서, 아파서, 화가 나서, 억울해서, 창피해서, 분해서, 기가 막혀서, 답답해서, 안타까워서, 희망이 없어 보여서 죽고만 싶을 때……. 나는 누구 옆에 있는(혹은 있었던) 존재인지 생각해보라.

미운 놈 떡 하나 더 주라고? 왜? 왜?

어쩌다 보니 잠시 강남에 살게 된 지인이 말했다.

"우리 동네는 온통 성형외과나 피부과 병원이라 교통사고라도 나면 수술해 줄 병원이 없어. 이 동네 사는 동안 절대 응급실에 실려 갈 정도로 아프지도 말고 교통사고도 당하지 않아야 돼."

이렇게 말한 친구가 사는 동네는 그냥 동네가 아니다. 요즘 말로 비버리힐 스 정도 되니 말이다. 그런데 미국 비버리힐스도 그런가? 나는 '우리 동네'를 떠올려보았다. 우리 동네는 경기도에 있는 신도시이다.

나는 올 여름 동네 백화점 안에 있는 병원(성형외과, 피부과, 치과) 앞을 지나 다가 깜짝 놀랐다. 어린 여자아이부터 할머니까지, 일반 병원의 환자들과는 사뭇 다른 '자태'의 그네들은 대기실 의자가 모자라 서서 차례를 기다리고 있 었다. 그런 장면을 보는 순간, 의료보험이 밀려서 통장이 압류당해 고생했던 문우가 생각났다. 그 문우는 당장 나올 인세라도 지키기 위해 출판사로 전화했 다. 다급한 김에 체면 불고하고 솔직하게 말했다.

"내가 지금 의료보험 때문에 통장 압류 상태라 인세를 내 계좌로 보내면 나는 한 푼도 못 꺼내 써요. 그러니까 내가 출판사로 찾으러 갈게요."

그러나 출판사 직원의 대답이 그를 더 슬프게 했다.

"우리 회사는 모든 게 전산처리시스템이라 개인에게 직접 현금으로 줄 수가 없는데요. 다른 사람 통장으로도 들어갈 수 없고 어떡하죠?"

물론 사람이 하는 일이라 어찌어찌 해서 마침내 그 친구의 품으로 인세가 들어갔지만, 그는 한마디로 '식코'(sicko, 병자라는 뜻의 속어. 미국 의료제도에 대해 다룬 다큐멘터리 영화 제목이기도 함)였다. 묻지도 따지지도 않는다는 보험조차 가입하지 못한 나 역시 언젠가 「식코」의 애덤처럼 다친 두 개의 손가락 중 하나만 치료받는 처지가 될지도 모른다.

그래도 우리는 사람의 목숨을 돈으로 쥐고 흔드는 '제도'에 연연하지 않는 생쥐 치과 의사 드소토 같은 이가 있기에 위로받을 수 있다. 드소토는 아내와 함께 운영하는 치과 앞에 '사나운 동물은 치료하지 않음!'이라는 팻말을 걸어놓았다. 드소토는 가난하고 약한 이웃을 위해 열심히 일하는 평범한 이웃이다.

어느 날, 여우가 문을 두드린다.

"이가 아파 죽겠어! 살려줘!"

병원 앞에 걸어놓은 경고 메시지 따위는 지독한 치통을 앓는 여우에게 보이지도 않는다. 드소토 부부는 고민한다. 늘 권력을 휘두르고 힘없는 주민을 괴롭히는 여우를 치료해줘야 하는가? 그냥 놔두면 여우의 이빨이 몽땅 망가져서 우리들을 괴롭히지 못할 텐데. 그게 더 좋은 일이 아닐까? 더구나 이빨이 다 나으면 우리 부부를 꿀꺽 삼킬 수도 있는데.

마침내 드소토는 결정한다. 설마 은혜를 원수로 갚으랴! 치료 시작이다. 경계심을 가득 품었던 드소토의 손은 어느새 인자한 치료자의 손으로 변한다. 그러나 여우는 치료 기간 내내 "흐흐, 내 이빨이 다시 튼튼해지기만 하면!" 하며 머릿속으로 생쥐 부부를 다양하게 요리한다. '튀겨 먹고 구워 먹고 삶아 먹고 육회도 괜찮고!'

드디어 오늘로 치료 끝, 여우의 머릿속 요리도 이제 현실화될 수 있는 기회가 왔다. 일부러 아침도 안 먹고 온 여우는 입맛을 다신다.

"잠깐!" 드소토가 손을 내민다.

"아직 치료가 남았습니다. 이 약을 이빨에 바르고 입을 다무십시오."

성찬을 기대하며 시키는 대로 하는 여우. 잠시 뒤, 입을 벌리려는데 '읍읍……. 이게 뭐야?' 고장난 지퍼처럼 입이 열리지 않는다. 드소토가 병원 문을 열어준다.

"안녕히 가십시오. 하루 동안 입이 안 벌어질 겁니다. 치료비는 공짜!"

도망치듯 나가는 여우는 물 한 모금 마실 수 없는 입으로 무어라 구시렁구시렁댄다. 그러나 여우의 얼굴이 예전과 다르다. 무언가 깊은 충격을 받은 듯하다. 아무렴, 여우도 양심이 있을 터인데!

윌리엄 스타이그 글 · 그림, 조은수 옮김

수신확인

어른들은 '미운 놈 떡 하나 더 주고 악을 악으로 갚지 말고 선으로 갚으라'고 말한다. 아이들아, 하루만이라도 그렇게 산다면 너희의 일기장은 어떤 이야기로 씌어질까?

꼬물꼬물 뿌앙! 몸의 소리를 들어봐

　　　　　어제 오후, 붐비는 지하철에서 작은 사건이 일어났다. 누군가 "뿌앙!" 하며 전혀 조심스러워하거나 참으려는 마음 한 뼘도 없이 지독한 소리를 냈다. 신종 플루로 모두들 예민해져 기침도 눈치 보며 하는데 말이다. 여기저기서 비난의 소리가 들렸다. 심지어는 욕설마저 나왔다.

여학생들이 말했다.

"분명 저 노숙자일 거야! 노숙자들은 체면도 뭐도 없잖아."

아주머니들도 얼굴을 찡그리며 말했다.

"노숙자가 뭘 많이 먹어서 그렇게 큰소리로 방귀를 뀌겠어? 분명 저 할아버지일 거야. 얼굴 좀 봐. 심술이랑 살덩이 뒤룩뒤룩하잖아. 여하튼 남자들은 나이가 들어서도 염치가 없단 말이야."

여성이 남성보다 섬세하고 후각이 예민해서일까. 여성들의 원성은 한동안 잦아들지 않았다. 지하철 안에서 방귀 한 번 안 뀌어본 사람 있을까? 단, 그 소리와 냄새가 어느 정도에 따라 범인이냐, 아니냐가 판가름나는 것일 뿐.

나도 얼굴을 찡그린 채 뻔뻔한 범인을 상상하다가 문득 이런 생각을 했다.

'지금 내 몸은 움직이고 있다. 눈을 깜빡이고, 코로 숨이 들어가고 나오고, 나도 모르는 사이에 침이 목구멍으로 넘어가고, 폐에서는 활발히 공기를 바꾸고, 심장은 쉴 새 없이 그러나 규칙적으로 움직이고, 손가락, 발가락까지 뻗어 있는 혈관을 통해 붉은 피가 순환하고, 아침, 점심식사를 한 위장은 바쁘게 분해 작용을 하고……'

내가 알고 있는 몸 안의 움직임이 대강 이 정도인데 과학적으로 살펴보면 머리카락의 움직임부터 뇌 속은 물론 발바닥 세포까지 그들의 쉼 없는 소리가 있을 것이다. 단지 우리는 몸 속 소리를 듣지 못하는 것뿐이다. 만약 우리의 숨이 멈추면, 그들의 소리도 멈출 것이다. 아니, 그들이 소리 내지 않으면 우리도 생의 소리를 낼 수 없는 것이다.

그림책『발가락』은 몸의 소리, 즉 몸의 소리를 잘 듣고 우리에게 사람의 말로 번역해서 들려주는 듯하다. 대부분 새끼발가락에서 엄지발가락 쪽으로 갈수록 높이가 높아지다가 다시 새끼발가락 쪽으로 가면서 낮아진다. 이런 발가락 모양을 보고 오르락내리락하는 계단을 떠올려 보기도 하고, 바다에 나란히 떠 있는 열 개의 섬을 상상해 보면서 만든 그림책 이야기는 저도 모르게 양말을 벗고 발가락 하나하나를 세심하고 다정하게 만져주며 대화하고 싶게 만든다.

온종일 바삐 뛰어다니던 발가락들은 숨바꼭질하듯 이불 속으로 들어간다. 그러다가 한쪽 발이 이불 밖으로 삐죽 나오자 얼른 이불을 다시 덮으며 비몽사몽 중얼거린다.

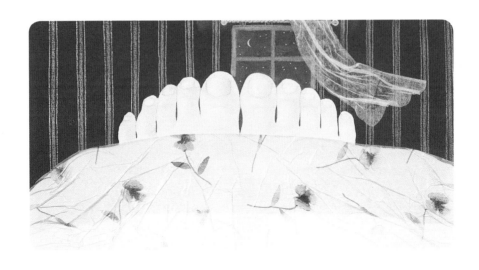

"발가락들아, 잘 자……."

난생처음 해본 말이다. 그리고 눈을 감고 곧 코를 골지만 발가락들은 이불 속에서 호호 헤헤 시끄럽다. 하루 내내 이리저리 다니고, 양말이랑 신발 속에서 헥헥 숨을 쉬고, 내일도 열심히 걷고 뛰고 오르락내리락해야 하는데 발가락들은 아직 자고 싶지 않다.

"우리가 할 수 있는 일, 하고 싶은 게 얼마나 많은데!"

그때부터 두 개의 발, 즉 열 개의 발가락들은 즐거운 여행과 신나는 모험을 시작한다. 나는 점점 깊고 깊은 꿈나라로 들어간다. 그럴수록 발가락들은 점점 넓고 넓은 세상으로 나아간다.

'우리는 뛰어 올라갔다 내려올 수 있는 열 개의 계단이 될 수 있어. 아니면 먼 태평양의 섬들이 될 수도 있고 이제 해변에서 모래 장난을 해 보자. 눈 속에서 몸도 식혀 보고. 저 멀리 열 개의 탑이 있는 도시가 보여! 냠냠, 너무 맛

있는 음식들!'

발가락들은 아예 이불 밖으로 나와서 다양한 변신놀이를 즐긴다. 바닷가에 나란히 놓인 양동이와 모래성, 눈 위에서 웅크리고 있는 여덟 마리의 펭귄과 두 개의 알, 수평선을 바라보며 쉬는 사람들……. 발가락들은 커다란 다리나 탑이 있는 도시, 고깔모자를 쓴 열 명의 난쟁이가 되기도 한다.

발가락 | 논장, 2004

이보나 흐미엘레프스카 글·그림, 이지원 옮김

 수신확인

굳은살이 단단히 내려앉은 우리의 열 발가락 형제들에게 장하다고 미안하다고 애쓴다고 가끔씩이라도 칭찬해주십니까? 그래도 난 너희들의 주인이니까 앞으로 더 열심히 일하라고 당당하게 말할 수 있습니까? 우리의 발가락들은 자기의 주인이 더 당당하게 걸어가기를 원할 겁니다.

성냥팔이 소녀는 흘러간 전설이 아니다

며칠 전 시내 대형 서점에 간 김에 엄마와 조카들 그리고 사랑하는 이들을 위해 성탄절 카드를 골랐다. 경기 불황이지만 카드는 여전히 화려했다. 그중에는 한때 부잣집 아이들이나 받았던 노래하는 카드도 있었다. 얼른 집어 들어 '멜로디'라고 씌어진 작은 버튼을 눌렀다. 앙증맞기도 하고 방정맞기도 한 빠른 노래가 흘렀다.

"울면 안 돼, 울면 안 돼, 우는 아이는 산타 할아버지가 선물을 안 주신대!"

웃음이 나왔다. 아이들이 저 노래에 속아서 겨울이면 울다가도 뚝 멈춘 적이 한두 번이던가? 또 착해야만 선물을 주신다니 적어도 성탄절을 앞둔 일주일 정도는 순한 양의 얼굴을 하고 있었던 게 몇 해인가? 그런데 정녕 세상은 이 정도만큼은 공평하게 돌아가는 걸까? 가령 울며불며 떼 부리지 않고 적어도 남에게 고소당할 일 안 하거나 남의 마음 아리아리하게 하지 않고 살면 보상을 받는 공정 공평의 시스템인가?

성냥팔이 소녀가 떠올랐다. 어릴 적 나는 그 아이 때문에 끙끙 앓았다.

'가난하고 외로운 그 아이는 울지도 않고 나쁜 짓도 하지 않았어. 그렇게 배고프고 힘들어도 동냥하지 않고 당당히 성냥을 팔려고 했어. 그런데 왜 하나님은 그 아이에게 선물을 주기는커녕 눈 내린 성탄절 아침에 싸늘한 몸이 되게 하셨을까? 왜?'

지금도 성탄절에는 목이 넘치도록 육의 양식을 퍼붓고 주머니가 늘어지도록 선물을 받는 이들이 있다. 반면 또 한쪽에서는 가슴이 터지도록 외롭고 두 발이 어는 줄 모른 채 현대판 성냥을 파는 이들이 있다. 그리고 그 춥고 요란한 밤, 골목 어디에서인가 차갑게 식어가는 영혼이 있을 것이다. 성탄의 축복송에 마음이 갈라지고 휘황찬란한 네온불빛에 가슴이 조여드는 어린 심장들이 있을 것이다.

여기 생애 처음으로 성탄절 파티를 준비하는 악당 3인조가 있다. 늑대와 여우와 족제비는 칠면조 한 마리를 훔쳐 근사한 성탄절 식사를 차리려 한다. 일

단 훔치기 작전 성공! 그런데 이 칠면조 녀석, 참으로 맹랑하다. 잡혀온 주제에 큰소리친다.

"집 안이 완전 난장판이네! 나 같은 아가씨를 집에 초대하기 전에는 집 안을 깨끗이 청소해야 한다고 안 배웠니?"

오히려 인질에게 무시당한 악당들은 약이 올라 으르렁댄다. 그러나 칠면조는 기죽지 않는다. 목소리가 더 앙칼진다.

"이렇게 모르다니, 너희들 크리스마스 파티 처음 하는 거지? 파티를 아예 해본 적이 없구나?"

그럴 듯한 칠면조의 말에 악당 3인조는 풀이 죽는다.

결국 칠면조의 말대로 악당 3인조는 음식거리를 장만하고 칠면조는 그것을 가지고 요리한다.

3인조는 감탄한다. 식사를 마치자 이번에는 칠면조가 성탄절 놀이를 가르쳐준다. 다음날은 성탄절 장식하는 법을 가르쳐준다.

"친구들아, 나를 너무 일찍 죽였다간 너희들 식사를 누가 만들어 줄까, 걱정하는 거지? 나를 일 년 더 살찌게 해 주겠니? 내년이면 잡아먹어도 괜찮을 거야. 살이 더 올라 있을 테니, 더 근사한 크리스마스 파티 칠면조가 될 거라구."

"맞아, 그게 좋겠다!"

그래서 조용히 성탄절이 지난다. 3인조는 태어나서 처음으로 맛있고 즐거운 성탄절 밤을 보낸 것이다. '파티용 먹잇감'으로 잡아온 칠면조 덕분에 말이다. 어느새 악당 3인조와 칠면조는 친구가 된다.

그럼 다음 해의 성탄절 파티 때는 어떻게 되었을까? 칠면조는 이번에도 '비장의 파티 비법'을 가르쳐준다며 위기

를 모면했다. 그리고 신나게 파티를 즐겼다. 악당 3인조에게 '파티훈련'을 핑계로 온갖 심부름을 시키면서 말이다. 게다가 완전히 여왕 노릇까지 했다. 하지만 악당 3인조는 파티의 즐거움에 취해 칠면조를 잡아온 목적조차 잊었다. 그런데 이렇게 보낸 성탄절이 벌써 몇 년째다. 올 성탄절에도 "내년에 칠면조 친구를 잡아먹자." 하고 그냥 지냈다는 소문이 있다.

나탈리 다르정 글, 마갈리 르 위슈 그림, 박정연 옮김

하늘에는 영광, 땅에는 평화, 사람들은 파티! 그런데 싸늘하게 얼어붙은 성냥팔이 소녀 주위엔 타다 만 성냥개비만이 수북하다. 이 시대의 성냥팔이들은 누구일까?

제2장

우리는
얼마나 울어야 하나

결국 우리는 보이는 것만 본다

맏언니인 나는 네 동생 중 두 동생의 출생을 지켜보거나 가까이서 우렁찬 울음소리를 들었다. 그때마다 알 수 없는 두려움과 호기심에 마음 졸였다.

'건강한 동생이 태어나겠지? 남자 동생일까? 여자 동생일까?'

하지만 이 책 속의 두 여자아이처럼 새 생명에 대한 '엉뚱하고 황당한' 고민과 상상을 한 적은 없었다. 그러나 통곡을 하며 운 적은 있다.

내가 중학교 1학년, 여름방학쯤이었다. 아기를 낳으러 병원에 간 엄마가 돌아왔다. 그때 이미 나에겐 여동생이 셋 있었다. 문을 열고 들어선 엄마의 품에 아기가 안겨 있었다. 아니, 이불만 보였다. 엄마와 나의 눈이 마주쳤다. 순간, 엄마가 와락 울음을 터뜨렸다(지금 생각하니 그때 엄마는 서른일고여덟쯤되었다). 그리고 울부짖듯이 말했다.

"딸이란다!"

순간, 나의 두 눈에서도 눈물이 주르르 쏟아졌고 "엄마!" 하며 통곡했다. 그날 오후, 엄마와 나는 아기 옆에서 하염없이 울었다. 네 번째 딸, 경민이.

아이가 태어난 순간, 축복의 인사 대신 서러운 통곡을 쏟아내서일까? 여동생은 결국 아홉 살 때 급성폐렴으로 하늘나라로 갔다. 그것도 내 품에서 나에게 마지막 말을 하고서 말이다. 고등학교 1학년 봄방학, 동생과의 이별은 나의 운명을 바꾸어놓았다. 퀴리부인처럼 과학자가 되려던 나는 동생을 위해 작가의 길로 걸음을 돌렸다.

"딸이란다!"

이 말은 불과 몇십 년 전만 해도 슬픔과 수치의 말이었다. 통곡과 저주의 소리였다. 비난과 조소의 신호였다. 그러나 이제 세상은 더 이상 남녀의 구별로 행불행을 규정짓지 않는다. 딸과 아들이라는 이름으로 생명을 홀대하거나 더 귀하게 여기지 않는다. 단지 '새 생명'이란 것, 그것만으로도 사람들은 생명에게 할 수 있는 축복, 줄 수 있는 축복을 한다. 생명은 소중하고 귀하다고 말하는 것조차 어울리지 않는다. 그만큼 생명은 고결하다. 생명은 그 다른 이름으로도 대체할 수 없다.

어느 날, 두 여자아이의 이모는 한 남자와 함께 나타난다. 이모는 말한다. 외국 여행을 하는 동안에 사랑하는 남자를 만나서 결혼했고 곧 아기도 낳게 된다고. 여기까지만 들으면 아무런 문제가 없다. 어린 조카들은 당연히 "이모 축하해요! 아기는 언제 태어나요? 우리가 이름 지어줘도 되나요? 아기가 태어나면 우리가 업어줄게요!" 하며 즐거워할 것이다.

하지만 어른들의 세상살이는 그리 '단순'하지 않다. 그래서 종종 아이들을 혼란에 빠지게 한다. 두 조카가 지금 그러하다.

"조에 이모는 하얗고, 이모부는 까맣잖아. 그러면 아기는 무슨 색깔이야?" 하며 심각한 생각에 빠져든다. 이유는 순전히 이모부의 피부색이 자기들과 다른 까만색이어서이다.

그날부터 조카들은 저희끼리 무척 진지하게 쫑알쫑알 콩알 이야기를 나눈다.

"얼룩말처럼 검은 줄무늬와 하얀 줄무늬가 나 있을까?" "코끼리처럼 온몸이 회색일까?" "머리는 하얗고 몸은 온통 까말까? 아니면 몸의 반은 까맣고 나머지 반은 하얄까?" "아니야, 아니야! 어릿광대의 옷처럼 하얀 몸에 까만 점이 박혀 있을 거야! 아니면 까만 몸에 하얀 네모들이 박혀 있을지도 몰라."

조카들의 기발하기까지 한 고민은 다양한 사진과 이미지를 이용한 콜라주 기법으로 유쾌하게 표현된다. 마치 주인공인 어린 조카들이 제 생각을 그대로 오려 붙인 것 같은 독특하고 귀여운 그림이다.

조카들의 마음을 알아챈 이모가 말해준다.

"이모부와 나의 아기는 사랑의 색깔을 갖고 태어날 거야."

이모의 말은 조카들의 마음속에 풍성한 울림이 된다.

조카들의 눈은 반짝이고 가슴은 콩당콩당 뛴다. 사랑의 색깔을 빨리 보고 싶어요!

이 이야기는 다문화 사회에 대한 메시지를 넘어 제가 보고 아는 것에 의지하여 세상을 판단하다가 스스로 속아 넘어가는 인간의 편견과 우월감에 대한 이야기다. 하지만 날카로운 일침이 아닌 '따뜻한 말 붙이기'이다.

태어날 아기는 어떤 색깔일까? | 미래아이, 2008
아들린 이작 글. 안느 크라에 그림. 박창호 옮김

 수신확인

우리들의 '크레파스 상자' 안에는 사람의 눈으로만 볼 수 있는 색깔들로 그득하다. 이제 그 상자 안에 한 자리 더 만들자. 사랑의 색깔, 그 한 자리를.

나는 나인데 나이면 안 되나요

　　　　　　많은 출판인들이 어려운 출판 환경 속에서도 해마다 볼로냐 아동도서전에 참가한다. 나 역시 자주 볼로냐에 갔다가 이탈리아를 거쳐 유럽 여러 나라에 가곤 한다. 그때마다 찬란한 유럽의 역사와 문화를 감탄하며 바라보는 내 등 뒤로 서늘한 눈길을 느끼곤 한다.

　'당신은 어디서 왔지? 그 나라에도 문화라는 게 있나? 그 나라 사람들은 다들 너처럼 피부가 노랗나?'

　동양인에다가 일본처럼 경제 선진국이 아닌 그저 아시아의 한 나라 사람인 우리는 아직도 유럽 사회에서 소외된 계층일 수밖에 없다. 그런데 요즘 러시아에서 한국 유학생들이 종종 테러를 당하고 심지어는 살해당하는 사건이 벌어지고 있다.

　사건의 범인은 인종차별주의자인 경우가 대부분인데 문제는 러시아 정부의 대처이다. 가령 중앙아시아인들에게 사건이 일어나면 아예 조사조차 제대로 하지 않는다. 그러나 같은 아시아인이라 하더라도 일본인들에게 사건이 일어나면 즉각 대처한다. 그렇다면 우리나라는? 중앙아시아와 일본의 중간 정도라고나 할까? 왜? 일본처럼 부자나라는 아니고 중앙아시아보다는 잘살아서?

하지만 분개하기에는 부끄러움이 앞선다. 우리는 우리와 피부색이 다른 이주 노동자들의 눈물을 얼마나 흘리게 했는가. 우리는 그들의 고개를 얼마나 숙이게 하고 있는가. 폭언과 폭행과 임금착취로 얼마나 가슴을 아프게 하고 있는가? 백인들에게는 더할 나위 없이 친절하고 온갖 선행을 베풀지만, 피부가 우리보다 검은 사람들에게는 냉정하고 불친절하고 경멸의 눈길을 보내지 않는가? 없는 사람이 없는 사람 심정을 알아주고 돌보아주는 게 아니라 오히려 그들의 아픈 부분을 이용하여 무시하고 하등의 종족처럼 대하니, 이것은 테러와 다름없는 범죄이다.

공상에 자주 빠지는 소녀 앤은 어느 날 엄마 심부름으로 집을 나섰다가 길을 잃는 바람에 낯선 세상에 놓이게 된다. 사람들 이름과 물건들 이름을 매우 이상하게 부르고 습관도 전혀 다른 곳이다. 무서움과 두려움에 떨고 있는 앤에게 녹색나라 사람들은 어디에서 왔고 그곳에서 무엇을 했고 왜 옷을 그런 식으로 입고 왜 음식을 그런 식으로 먹는지 다그친다.

　모두들 앤에 대해 알지 못하고 알려고 노력도 하지 않으면서 자기들과 다르다고 비웃는다. 앤과 같은 어린이들도 마찬가지이다. 나와 다른 존재에 대한 배척과 경계, 심지어 모독하는 점에서는 어른이나 아이들이나 다르지 않다. 어른들은 날카로운 눈으로, 아이들은 다물 줄 모르는 입으로 자기 감정을 나타낼 뿐이다.

　"그런데 학교에 가려면 이름을 바꿔야 해. 아니면 애들이 비웃을 거야. 앤

앳오렌지하베스트라는 이름은 어때? 그 이름은 아주 흔해서 애들이 쉽게 알 아들을걸!"

그러나 앤은 어린이가 할 수 있는 한 녹색나라 시민들에게 저항한다.

"내 이름은 앤앳오렌지하베스트가 아닙니다! 내 이름은 앤이에요. 하지만 여러분이 나를 앤이라고 부르지 않아도 괜찮아요. 우리 부모님, 친척들, 친구들은 나를 모두 앤이라고 불러요. 내 이름은 앤이에요. 앤!"

이 외침에는 많은 의미가 있다. 자기 이름을 지키려는 앤의 확고한 신념과 저항은 앤의 출생 이전의 역사부터 그후 모든 삶의 과정과 미래의 여정까지 지키겠다는 의지를 분명하게 나타낸다. 그러기에 앤은 마침내 집으로 돌아오게 된다. 만일 앤이 묵묵히 있었다면 앤은 앤이 아니라 녹색나라의 앤앳오렌지하베스트로 살았겠지. 서글픈 전설의 주인공처럼……

분쟁 지역이나 외국에서 질시와 천대를 받고 사는 아이들 중에는 국적과 이름을 갖지 못한 아이들이 많다. 외국 노동자들끼리 우리나라에서 결혼을 하여 아이를 낳았을 경우에도 그러하다. 부디 우리의 땅에서는 '앤앳오렌지하베스트'로 명명되고 취급받는 어린이들이 없기를 바란다.

녹색 나라의 비밀 | 지호 어린이, 2008
프란시스코 이노호사 글, 후안 헤도비우스 그림, 정길호 옮김

 수신확인

남들이 눈곱만하다, 콩알만하다, 배가 불렀군, 말하지만, 내게는 세상 끝에서나 겪을 것 같은 걱정거리를 안고 세상 속으로 들어간다. 누군가 나에게 물 한 잔 준다면 인생이 변하는 것은 그렇다치고 잠시나마 마음 편할 것 같은데. 그런데 우리의 아이들은 얼마나 목이 말라 있을까? 누가 물을 주지?

외할아버지 기억은 어디로 갔을까

　　　기후온난화로 인한 기상이변이 빠르게 진행되고 있지만, 다행인 것은 아직은 꽃샘추위라는 말을 사용할 수 있다는 것이다. 3월이 시작되면서부터 다시는 말할 수도 들을 수도 없을 줄 알았던 '입춘, 꽃샘추위, 잠에서 깨어나는 개구리들, 우수……' 이런 이야기를 신문방송을 통해서, 그리고 만나는 사람마다 인사말 속에 나누게 된다. 이럴 때면 계절과 관련된 많은 말들이 얼마나 다정하고 소중하며, 한편 기적 같은 아름다운 순환인지를 새삼 깨닫는다. 사람의 생의 순환도 그러하다. 잉태되어 태어나고, 살고, 살아가고, 살아가다가…… 자연의 한 귀퉁이에 놓인다.

　　하지만 우리는 요즈음 전 세계적으로 일어나는 대규모 지진과 화산폭발과 태풍과 해일 앞에서 자연의 순환에 대한 감사 대신 원망과 두려움 그리고 증오마저 내뿜게 된다. 과학자들은 말한다. 지구의 땅, 바다, 산, 계곡 등등 가리지 않고 너무나 많은 구조물을 세우고 파헤치는 바람에 이런 현상들이 일어난다고.

결국 인간이 자연의 공격을 당하는 것이 아니라 자연이 인간의 끊임없는 침공에 가까운 개발과 파괴에 지구가 몸부림치는 것이라고. 그러나 과학자들이 아무리 경고해도 이제 인간은 개발과 성장을 멈추지 않는다. 오히려 더, 더, 더…… 바다 밑으로, 산 위로, 땅속으로 인간의 지혜를 뽐내고 기술을 시험하며 정복의 깃발을 꽂으려 한다. 이런 상황에 느리고 느린 자연의 순환 따위는 거추장스럽고 부질없어 보이는 것이다. 그러면서 한 번씩 지구가 몸부림칠 때마다 원망을 쏟아낸다.

지금 당장은 가난하고 열악한 환경의 사람들의 마을이 가라앉고 있지만 머지않아 최첨단의 과학문명을 자랑하는 대도시와 나라가 될 것이고 곧 비명과 무너짐의 아수라장이 될 것이다. 어찌하랴. 이 또한 자연의 순환인 것을. 예전의 그것과 다른 점이 있다면 이제는 인간이 억지로 자연의 시간과 계획표를 바꾸어놓았다는 것일 뿐.

『내 마음의 보물 상자』는 이러한 삶의 순환을 그리고 있다. 얼핏 읽으면 알츠하이머병에 걸린 할아버지를 바라보며 추억을 정리해가는 가족의 이야기로 볼 수 있다. 그러나 이 책 속에는 불행 앞에서 토해내는 애끓는 울음소리나 격한 감정의 외침 대신에 화가의 의도된 불투명 수채화 속 호수의 잔잔함, 사람들의 표정 변화, 집 주변 숲의 풍경, 야생동물들이 말을 한다.

그 불투명함은 점점 기억이 지워지는 한 사람의 복잡한 감정과 그를 둘러싼 가족들의 안타까움뿐 아니라 인간의 '뇌'의 슬픈 변화와 한치의 오차도 없는 생의 순환의 냉정함을 보여주는 듯하다.

여름방학을 맞아 외할아버지댁으로 간 잭은 여느 방학 때처럼 외할아버지와 낚시도 하고 숲 속을 산책하고 즐겁게 이야기하며 시간을 보낸다. 모든 것은 평화롭고 나무들은 더 자랐다.

잭도 변함없이 사랑스러운 손자이며 씩씩한 소년이다. 그러나 외할아버지가 조금씩 변하기 시작한다. 외할아버지가 몸만 자기와 산책하고 있지 정신은 어딘가 다른 곳을 거닐고 있는 듯하다고 생각했다.

외할머니는 혼란스러워하는 잭에게 외할아버지와의 추억을 하나씩 담아넣자며 나무상자를 보여준다. 아직 기억이 흐릿하게나마 남아 있는 외할아버지, 그리고 잭과 식구들은 추억을 상자 안에 담기 시작한다. 외할아버지는 상자를 잭에게 주면서 이렇게 말한다.

"할아버지가 기억해 주셨으면 하는 일이 있거든, 이 상자에 잘 넣어두려무나. 그리고 다음 여름 방학에 가져오는 거야. 그 때 가서도 필요하겠지?"

지금까지 아무렇지 않게 여겼던 순간들이 눈에 띄면 가차 없이 쓰레기통 속에 버리던 것들, 잃어버려도 전혀 서운하지 않았던 것들일지언정 사랑하는 가족의 역사가 있다면 그 무엇이든!

어느덧 여름방학이 지나 잭은 집으로 돌아가며 다음 여름과 재회를 기대한다. 하지만 아

무도 모른다. 그때쯤에는 외할아버지의 기억과 추억은 어떻게 어디서 저 혼자 또는 누군가와 산책을 하고 있을지……. 떠날 시간이 되자, 외할아버지께서 잭을 꽉 껴안아주셨다.

내 마음의 보물 상자 | 웅진사, 2004
메리 바 글, 데이비드 커닝엄 그림, 신상호 옮김

 수신확인

우리는 잠시라도 잊으려고, 또는 작은 꼬투리마저 찾아내려고 밤마다 잠자리에 드는지도 모른다. 그러나 깨어보면 잊고 싶은 것들은 각인되고 놓치고 싶지 않은 것들은 양치질과 동시에 흘러간다. 난감한 일이다. 이렇게 하면 어떨까? 우리 머릿속이 노니는 대로 놔두지!

벌레만큼이라도 살아갈 수 있겠니

고추밭을 매다가
엄마얏! 지렁이
명아주 뿌리에 끌려 나와
몸부림치는 지렁이

배춧잎을 솎아주다
엄마야, 벌레 좀 봐!
고갱이에 누워 자다
몸을 꼬는 배추벌레

아하!

지렁이랑 나랑

누가 더 놀랐을까

배추벌레랑 나랑

누가 더 놀랐을까

_도종환 「누가 더 놀랐을까?」

왜 우리는 벌레를 보는 순간 이리도 호들갑을 떨까? 한마디로 무식이 죄다. 제대로 알면 그야말로 벌레와 곤충처럼 우리의 즐거운 친구도 없을 게다.

『곤충 없이는 못 살아』를 펼치면 제일 먼저 모두가 궁금해하는 곤충과 벌레의 다른 점에 대해 알려준다.─이것은 인간은 넓은 의미에서 포유동물이지만 그렇다고 인간을 분류하거나 지칭할 때 "어이, 동물!" 하지 않는 것과 같다.─ 그리고 어린이들이 재미있게 배우고 생활 속에서 찾아보게 나설 수 있도록 곤충의 종류와 특징 등 곤충에 대한 기본적인 지식을 담고 있다.

우리가 파리채로 시원하게 때려잡고, 휘익 하며 분사약으로 손쉽게 물리치고, 유리병 속에 담아 며칠 괴롭히다가 죽게 하기도 하고, 때로는 기름에 튀겨 먹고 불에 구워 먹는 약하디약한 존재가 곤충이다. 하지만 아무나(?) 곤충 패밀리(곤충은 약 80만 종이 넘고, 전 동물의 약 4분의 3을 차지하며, 전체 종수는 300만에 이를 것으로 추산. 사람 1명당 2억 마리의 곤충이 살고 있다는 말이다)가 되지는 못한다. 머리, 가슴, 배의 3마디 구조에 3쌍의 다리와 2쌍의 날개, 2개의 겹눈과 3개의 홑눈, 한 쌍의 더듬이를 갖춰야 하는 엄격한 조건이 있다. 가히 무적로봇이나 첨단 신소재 옷을 입은 전사들 같다. 장수하늘소나 헤라클레스

왕장수풍뎅이, 넓적뿔소똥구리, 사슴벌레, 곤봉딱정벌레, 송장벌레 등을 확대해보면 생김생김의 우람함, 강렬한 색채, 위협적인 무기, 치열한 생존방법 등에 놀라지 않을 수 없다.

'그래서 뭐? 곤충이 인간에게 무슨 도움이 된다고?'라고 물을 수도 있다. 대답은 간단하다. 곤충은 생태계의 수호자이다. 생태계의 1차 생산자인 곤충

이 사라지면 가장 먼저 먹이사슬이 파괴되어 지구의 수많은 동물과 식물들이 존재할 수 없게 된다. 즉 마지막에는, 아니 그전에 인간의 존재가 흔들리게 된다. 이 책은 우리들이 여기는 곤충들에 대한 지식을 넘어서 우리의 삶의 태도와 자연에 대한 반성을 하게 한다.

참, 우리나라에도 곤충학회가 있다. 한국곤충학회 회장인 권용정 교수는 이렇게 말한다.

"곤충은 지구 생태계를 지키는 지구 방위대입니다. 사람보다 훨씬 먼저 지구를 아름답게 가꾸고 지켜온 곤충 친구들과 서로 도우며 살아갑시다!"

한영식 글 · 한상언 그림

수신확인

사람들은 리더, 성공한 자, 영웅, 재벌, 스타, 짱이 아니면 인생실패, 별 볼일 없는 존재라 생각하는데 이들을 보라. 꿀벌은 슬퍼하지 않고 곤충과 벌레들은 뒤돌아보지 않는다. 곤충들과도 화목하게 지내라고 하는데 사람들아, 곤충에게 물어보자.
"곤충, 너희들이 보기에 인간들이 잘 살고 있는 것 같니?"

나를 귀찮게 하는 것들이 사라진다면

　　　　　요즈음 다중지능이론이 대세이다. 기존의 IQ 점수가 지능을 너무 좁게 해석하고 있다 하여, 보다 넓은 시각에서 인간의 잠재적 능력을 탐구한다. 인간의 능력을 8가지 지능(음악적 능력, 신체-운동적 지능, 논리-수학적 지능, 언어적 지능, 공간적 지능, 대인관계 지능, 자기이해 지능, 자연탐구 지능. 그리고 아직 널리 인정되지 않은 실존적 지능 등)으로 구분하여 어린이와 청소년의 교육과 연계하여 적용하는 추세이다.

　그런데 어느 분야이든 우뚝 자리 잡은 사람들의 공통점은 대인관계 지능과 자기이해 지능이 월등히 높다는 재미있는 결과가 나왔다. 나의 호기심이 가만있을 리 없었다. 인터넷을 뒤지니 자가진단으로 자신의 다중지능을 알 수 있는 사이트를 찾을 수 있었다. 물론 많은 돈을 지불한다는 검사를 인터넷무료진단으로 하려니 허술한 부분이 많았다. 나는 그냥 사이트의 문을 닫으며 고개를 끄덕였다.

　'반백 년을 살아도 자신이 걷고 있는 길에 대해 두려움과 불확실에 짓눌려

그에 대한 증거를 스스로 찾아내려고 애쓰는 어리석은 자여!'

　그런데 우리의 주인공 녀석은 어른들 말처럼 커서 뭐가 되려는지 영 모든 게 귀찮다.
　"시끄러운 소리에 아침부터 짜증이 났어. 귀찮게 매달려서 그런 건데. 엄마는 또 나만 혼냈어." "공부시간엔 재수 없게 나만 걸려서 벌 받고." "돌아오는 길엔 개한테 물리고……." "모든 게 싫었어. 그때 우연히 마법상자를 주웠어."
　하루하루가 피곤하다. 녀석은 소원을 빈다. 나를 귀찮게 하고 짜증나게 하고 슬프게 하는 모든 것들아 사라져라! 내가 하고 싶은 것만 하고 듣고 싶은 것만 듣고 만나고 싶은 사람만 만나고 싶은 세상에서 살고 싶다!
　녀석은 얼굴을 온통 찡그리며 기도한다. 그런데 세상에! 이게 웬일이람! 녀

석이 원하는 대로 세상이 움직이기 시작한다! '싫어하는 건 무엇이든 삼켜버리는 마법상자' 덕분이다. 야호! 싫다는 생각만 해도 마법상자가 다 알아서 처리해준다. 학교에서는 무서운 선생님과 심술부리는 친구들도 삼켜버린다. 집에 와서는 귀찮기만 한 동생과 잔소리만 하는 엄마도 삼켜버리네!

이제 녀석을 방해할 수 있는 건 아무것도 없다. 자유를 만끽하는 일만 남았다. 이제 평화다. 지긋지긋한 잔소리, 억울한 오해, 귀찮은 일들, 예상치 않은 문제들, 그리고 이 모든 일의 주인공들은 이제 보이지 않는다. 내 인생을 쥐고 흔들지 않는다. 참 좋다. 살 것 같다. 평소 제대로 못 보던 텔레비전부터 실컷 본다.

그런데 시간이 갈수록 기분이 이상해진다. 왜일까? 기분이 좀 나아질까 싶어 맛난 걸 먹어도 우울할 뿐이다. 신나고 재미있을 줄만 알았는데, 혼자

남겨지는 게 유쾌한 일만은 아니라는 걸 녀석은 깨닫게 된다. 녀석은 불안해한다.

나를 부르는 목소리, 나를 찾는 발걸음, 나를 보며 웃고 화내는 얼굴이 들리지도 보이지도 않는다. 녀석은 후회하며 "모두 돌려줘! 다 나 때문이야. 난 내가…… 싫어!" 하고 생각한다. 그 순간 녀석은 눈 깜짝할 사이에 마법상자 안으로 휘익 빨려 들어간다. 그런데 거기에서 모두 녀석을 기다리고 있었다.

녀석은 혼자일 때의 침묵, 일방통행, 그림자 대신 함께하는 시끄러움과 충돌과 실체를 택한다. 물론 녀석은 한 시간도 지나지 않아 또 엄마를 미워하고, 동생을 피하고, 선생님을 쏘아보고, 동네 개를 향해 발길질을 하겠지만!

코키루니카 글 · 그림. 김은진 옮김

 수신확인

무엇을 꺼내거나 무엇을 집어넣거나 할 수 있는 마법상자는 우리의 마음이며 생각이다. 그렇다면 관계 속에서 일어날 수밖에 없는 만 가지 고통이라도 열 가지 즐거움을 생각하며 참거나 콰악 받아쳐야 하나? 그거야 내 자유지만 왜 자유롭다고 느낄 때마다 멍투성이가 되는 거지?

부딪치고 깨져라……
네가 옳다고 믿는다면!

조금 불편한 이야기이다. 작년에야 금지됐지만, 중국은 공개처형으로 유명하다. 그만큼 사형제도가 확고하며 집행건수가 많다는 말이다. 지난해만 해도 최소 5,800여 명이 법의 심판으로 사형을 당해 세계 사형집행 횟수의 대부분을 차지하고 있다. 그럴 수밖에 없는 것이, 가령 우리나라 돈으로 1억 원 정도의 뇌물을 받았다고 밝혀지면 거의 사형감이기 때문이다.

이러한 심판대 위에 우리의 정치 경제 등 각 분야의 지도자들을 올려놓는다면 과연 몇이나 목숨을 부지할 수 있을까? 요즈음 교육개혁을 외치면서 그동안 공공연히 알고 숨겨오던 갖가지 비리가 드러나고 있다. 하지만 사람들은 냉소를 지을 뿐이다.

"그래봤자 빙산의 일각을 그나마 아주 살짝 건드린 거지. 게다가 잠깐 반짝하다가 잊혀지겠지."

"허이구, 그 정도 비리가 뭐 놀랍다고! 지금 개혁한다고 악의 싹을 자른 사람들이 얼마 못 가 먼젓번 사람들보다 더 교묘하고 악랄하게 비리를 저지를 거야. 우리가 증인이잖아. 늘 그랬잖아!"

"어린이 책 이야기에 이건 또 뭐지?" 하는 어른들이 있겠지만, 그저 낄낄거리며 훌렁훌렁 가벼이 책장을 넘기는 것이 어린이 책의 '특장점'이 아니다. 그리고 어린이들도 이 책의 주인공인 5학년 여자아이 카라 랜드리와 친구들처럼 거침없이 자신의 주장을 펼치며 옳다고 믿는 것을 위해 두려움 없이 부딪히고 깨지고 일어날 줄 안다.

5학년 2학기 첫날, 전학생 카라 랜드리는 교실 벽에 랜드리 뉴스라는 이름의 신문을 붙인다. 신문은 학생들을 무조건 자율적 학습에 맡겨두는 랄슨 선생의 교육 방법을 비판한다. – 랄슨 선생은 아이들 스스로가 깨치도록 하는 것이 가장 좋은 교수 방법이라고 말한다. 그래서 아이들에게 수업 일정을 정해주지도 않고 온종일 신문을 보면서 커피를 마신다. 아이들이 쿵쾅쿵쾅 뛰어다니고 시끄럽게 굴어도 전혀 신경 쓰지 않는다.

카라는 신문 기사를 통해 랄슨 선생에게 유죄를 선고하며 다음과 같이 말한다.

"신문사 편집인은 만약 누군가가 게으르거나, 멍청하거나, 거짓말 하거나 비열한 짓을 하면 그걸 바르게 말해서 세상에 알릴 수 있다."

다음 신문에서 카라는 학교 식당 아주머니가 음식을 빼돌린다며 아주머니를 고발한다. 랄슨 선생은 괴로워하고, 아주머니는 일자리 잃을까봐 근심한다.

그러나 카라의 엄마는 '언제나 정직을 말하되 그 위에 자비를 얹어야 한다'고 충고한다. 결국 랄슨 선생님이 교수법을 바꾸고, 카라는 랄슨 선생님을 이해하게 된 후, 다시 기사를 쓴다. 신문은 진실을 말해야 하지만, 누군가를

괴롭히는 기사에서 벗어나려고 노력해야 한다는 생각으로 카라는 새로운 창 간정신을 발표한다. 그건 정직과 자비. 또 의로움과 평화가 친구처럼 함께할 수는 없을까?라고 시작된 모녀의 대화는 카라에게 많은 생각거리와 정의에 대해 고민하게 한 것이다.

그러던 중 반즈 교장은 학교 비판 기사가 실릴 때를 대비하여 사전 검열과 마음에 들지 않는 랄슨 선생을 해고시킬 빌미로 랜드리 뉴스를 사용하려고 한다. 그에게 어린 학생의 '신문 쪼가리 한 장' 따위는 문제도 아니다. 그럼 문제는 여기서 끝?

다행히도 랄슨 선생은 랜드리 뉴스를 통해 오히려 아이들과 더욱 가까이

소통하며 서로를 이해하게 된다. 쳐다보기만 하던 친구들은 랜드리 뉴스를 함께 만들어나가는 동지가 된다. 반즈 교장은 당황하지만 마침내 빌미를 잡을 사건이 일어난다. 부모의 이혼을 소재로 쓴 학생의 기사 때문이다.

'이런 기사는 개인의 인권침해인가, 언론의 자유인가?'

학부모들과 시교육위원들까지 토론에 나선다. 마침내 랄슨 선생은 해고, 랜드리 신문은 폐간 위기에 처한다.

이야기는 풍비박산 우울하게 막을 내릴까, 어린이들의 언론과 자유에 대한 꿈틀거림이 한 발자국 앞으로 나아가게 되는 응원가가 될까? 책 속에 답이 있다.

랄슨 선생님 구하기 | 비인가회장, 2006
앤드루 클레멘츠 글, 김지윤 그림, 강유하 옮김

 수신확인

법관 앞에서 선고를 받기도 전에 제도의 갖가지 모순 속에서 비참하게 넘어지고 이해하기도 어려운 죄목으로 선고를 받는, 그래서 보이지 않는 죄수복을 옷 위에 덧입고 다녀야 하는 이들이 점점 늘어나고 있다.

전쟁 중 내 죽음의 의미는?

개인적으로 이해되지 않는 '반복의 그림'은 전쟁과 남녀의 사랑이다. 사랑? 남녀가 만나 불꽃 튀는 몸과 마음을 나누고, 아기를 낳고, 나중에는 '정'으로 사는 '가족'이 되어 지내다가 죽는다. 남녀의 사랑이 여기서 궤도를 벗어나 보았자 배신이나 변심이다.

문제는 너무도 뻔하고 지겹도록 이어져 내려오는 이 과정을 온갖 문화예술의 장르에서, 심지어는 악랄한 상업전선에서까지 제1의 소재와 주제로 사용한다는 것이다. 예를 들어 사랑을 주제로 한 유행가를 포함한 음악은 이제 더 이상 나올 것이 없을 듯한데, 아침에 눈을 뜨면 또 다른 사랑의 노래가 발표되어 사람들의 마음을 뒤흔들거나 행복하게 해준다.

그렇다면 전쟁은? 우리는 안다. 전쟁의 비참함과 잔혹함을. 심지어는 지금도 텔레비전에서 포탄의 굉음을 듣고 사람들의 비명 소리와 마지막 신음 소리를 전해듣는다. 다시는 이런 야만적이고 잔인한 행위가 그만 벌어졌으면 한다. 하지만 인간은 그 소원과 평화에 대한 깊은 바람만큼 또 다른 바람을 갖고 있다. 자국의 이익, 자국민에 대한 보호, 세계의 질서와 평화를 이유로 전쟁을 선포한다. 빠르게 낯선 땅으로 달려간다. 하지만 우리는 안다. 그들은 평화의 소식을 전하고 재건의 노래를 외치지만, 그 모든 것이 허상임을. 전쟁은 단지 얼마나 서로를 잔인하고 더 새로운 방법으로 죽일 수 있으며, 얼마나 빨리 많이 무섭게 기발하게 파괴할 수 있는지를 후손들에게 알리려는 몸부림일 뿐이다.

여기 어린이 책에서는 보기 드문 중요한 책 한 권이 있다. 1914년 제1차 세계대전에서 사망한 군인 288명이 어느 날 밤, 아무도 관심을 갖지 않는 전쟁 기념탑에서 빠져 나온다.

얼굴 반쪽이 날아가버린 자, 손과 눈이 하나씩밖에 안 남은 자, 두 다리가 다 떨어져 나간 자, 진흙이 말라붙은 이름표들이며, 먼지투성인이 각반, 두려움으로 잔뜩 오그라든 맨발들 그리고 손 안에서 그대로 삭아 버려 엉망이 된 총들······.

전사했던 때의 그대로 군인들은 자신들이 치른 전쟁이 가치 있는 일인지 자신들의 희생이 진정 옳은 것이었는지, 과연 또 다른 전쟁을 멈추게 한 피흘림이었는지 알고 싶어한다. 군인들은 현실에서 자신들의 죽음의 의미를 확인하기 위해 세상으로 나온다. 그들은 몽티 중위의 명령대로 흩어진다.

소렝, 모니에, 블루르드 세 군인은 숨죽이며 마을의 어느 집으로 다가간다. 집 안에서 아이들의 소스라치는 울음소리, 부모들의 통곡, 귀를 찢는 대포와 총소리, 사람들이 죽어가며 내지르는 끔찍한 비명 소리가 들리기 때문이다.

"사라예보에서 두 명이 죽었대!"

긴장한 세 군인이 보게 된 것은 여전히 되풀이되고 있는 전쟁을 축구경기처럼 생중계하는 텔레비전과 이에 무감각해진 멍한 얼굴의 사람들이다. 그들은 허탈감에 빠진다.

"말도 안 돼! 우리가 죽은 게 도대체 언젠데, 아직까지도 나아진 게 없잖아!"

그때 군인들은 방안의 한 소년과 눈이 마주치자 급히 자리를 벗어난다. 뒤처진 군인 모니에는 공사현장을 참호라 생각하고 그 속에 숨는다. 그러나 손전등을 비추는 소년과 마주하게 된다.─원래 교사였던 모니에는 1918년 6월 15일 두 눈 사이에 총알 한 방을 맞고 전사했다.─ 그리고 그때부터 군인의 이야기가 시작된다.

"아무것도 아냐! 아니, 그게 아니지. 이리 와 봐, 설명을 해 줄게. 너한테 꼭 들려 줘야 할 얘기가 있거든……."

잠시 뒤 모니에는 정신을 가다듬고 소년에게 전쟁의 고통을 들려준다. 즐겁지 않은 이야기이지만 절대 잊지 말아야 될 그 이야기를.

페프 글·그림, 로제르 비올레·장 루 샤르메 사진, 조현실 옮김

수신확인

지금도 소설책마다 영화관마다 "죽도록 사랑했네, 죽도록 미워했네, 다 벗었네, 거의 다 벗었네" 하며 저들이 사랑의 진화에 얼마나 공헌했는지 소리친다.
이뿐이랴, 지금 이 순간에도 지구 곳곳에서 살육과 파괴를 창조적으로 과학적으로 생산적으로 수행하느라, 전쟁을 얼마나 문명화시키는 데 이바지했는지 보여 주느라 밤이 짧고 낮도 모자란단다.

잃어버린 믿음, 그래도 뒤돌아본다

　　　　　　요즘 어린이들은 속담이나 격언 등을 참으로 기발하고 재미있게 해석한다. 예를 들어 '사공이 많으면 배가 산으로 간다'는 '여러 사람이 모여 힘을 합하면 못 할 일이 없다'로.

　　또 '백짓장도 맞들면 가볍다'는 '백짓장도 맞들면 찢어진다.' 그리고 '시작이 반이다'는 '시작은 시작일 뿐 열심히 하면 반 정도는 할 수 있을 거다'라고 말이다. 그렇다면 '발 없는 말이 천 리 간다'는 무어라 풀이할까라는 생각이 들었다. 이 속담은 필시 나쁜 소문이나 해괴한 또는 전혀 근거를 찾을 수 없는 풍문을 말하리라. 예전에는 열악한 교통과 통신매체의 부족으로 나라 구석구석을 발 없는 말이 부지런히 돌아다녔다고 할 수 있다.

　　그런데 지금 '최첨단 과학 멀티미디어' 세상에서 전국 곳곳에 '연중무휴 24시간 무보수'의 발 없는 말들이 누구의 명령이나 간섭도 없이 스스로 천 리 만 리를 넘고 넘어서 소문의 보따리를 마구마구 풀어놓고 있다. 예전에는 고작 천 리 정도나 가서 그 마을을 들쑤셔놓기나 했지, 지금은 온 나라를 뒤흔들고 심지어는 사람의 목숨까지 쥐락펴락한다.

그러다 보니 '아니 땐 굴뚝에 연기 나랴?'는 한물간 속담 취급을 받는다. 지금은 굴뚝 같은 건 필요 없다. 허공에서 요상한 연기들이 쉴 새 없이 피어오른다. 그 연기는 때론 무색무취인 듯하면서도 사람들의 마음을 괴롭힌다. 심장을 갈라지게 한다. 영혼을 말라버리게 한다. 결국 사람이 사람을 미워하게 만든다.

며칠 전부터 샤오웨이의 학교에 원숭이가 나타났다는 소문이 떠돌았다. 그런데 하필 이때 샤오웨이의 도시락이 없어졌다. 샤오웨이는 교무실로 달려가서 선생님에게 말했다.

"학생들 중에 샤오웨이의 도시락을 가져간 사람 있으면, 주임 선생님한테 얼른 가져오세요."

교내 방송도 하고 반마다 돌아다니며 살폈지만 도시락은 찾을 수 없었다. 샤오웨이의 반에서 회의가 열렸다. 안건은 '누가 도시락을 훔쳐갔을까?'이다. 한 아이가 말했다.

"선생님! 선생님! 샤오웨이의 도시락을 훔쳐 간 건 틀림없이 원숭이일 거예요."

"샤오웨이의 도시락 뚜껑에 바나나 그림이 그려져 있거든요. 원숭이는 바나나를 제일 좋아하잖아요."

선생님은 그 말을 듣고 그럴 수도 있겠다고 고개를 끄덕였다.

그래서 모두 원숭이를 잡으러 나섰다. 학교 이곳저곳을 얼마나 살폈을까.

그때 놀란 원숭이가 학교 건물 옥상으로 날아가고 있었다. 선생님은 원숭이가 아이들을 다치게 할까봐 119에 전화를 걸었다. 신고를 받고 달려온 소방대원들이 원숭이를 잡아 나무에 묶는 걸 보고 나서야 아이들은 교실로 돌아갔다.

샤오웨이는 친구들의 도시락을 함께 나눠 먹었다. 그러면서 아이들은 도둑 원숭이에 대한 성토를 한껏 늘어놓았다. 맛있게 점심을 먹은 아이들은 책상에 엎드려 달콤한 낮잠 속으로 빠져들었다(대만의 후텁지근한 기후 탓에 학생들을 위한 배려인 듯하다).

그런데 샤오웨이는 그대로 앉아 있었다. 왜? 잃어버린 줄 알았던 도시락이 책상 속에 있었던 것이다.

그때부터 샤오웨이는 공부가 제대로 되지 않았다. 이 사실을 선생님께 말

해야 되는데⋯⋯. 샤오웨이는 선생님께 달려가려다가 멈춰 섰다. 아마 다음과 같이 생각하지 않았을까.

'그러면 나를 바보라고 혼낼지도 몰라. 나 때문에 학교가 온통 난리법석이었고 소방서 아저씨들까지 왔으니. 게다가 죄 없는 원숭이가 도둑 누명을 쓰고 잡혀 있잖아!'

수업이 끝난 아이들은 모두 집으로 돌아갔다. 그런데 어떻게 된 걸까? 나무에 묶인 원숭이가 누군가의 도시락을 맛있게 먹고 있었다.

다음날 학교에 온 아이들은 깜짝 놀랐다. 나무에는 원숭이의 목을 조이고 있던 줄만 길게 늘어져 있었다. 아이들은 속삭였다.

'이빨로 줄을 끊고 도망갔을 거야', '친구 원숭이들이 구해주었을 거야.' '사실은 원숭이가 아니라 둔갑하는 닌자가 나타났는지도 몰라.'

친구들의 술렁임 속에 샤오웨이는 아무도 몰래 빙긋이 웃었다.

예안더 글 · 그림, 전수정 옮김

 수신확인

소문에 놀라거나 소문이 두려워 누군가를 나무에 묶어놓고, 이제는 안심이라며 사랑하는 이들과 위로와 격려를 나누고, 불의 없는 사회를 위한 방법을 모색하며, 때가 되면 각자의 잠자리에서 더 나은 세상을 꿈꾸느라 바쁜 우리들. 우선, '우리'가 광장에 묶어놓은, 그러고도 '우리'가 한참 잊고 있는 게 없는지 잠시 밖으로 나가보자.

'아슬아슬' 공상과 현실의 경계

나는 전국의 도서관과 학교를 찾아 부모님들과 학생들과 종종 만남을 갖는다. 그때마다 도서관 담당 선생님들에게 전설처럼 듣는 이야기가 있다.

"우리 도서관을 이용하는 학생 중 저 어린이는 1년에 600권 이상을 읽어요. 그런데 그런 학생이 한둘이 아니랍니다."

"이 학생은 우리 학교 도서관의 모든 책을 읽었어요. 그래서 이 학생을 위해서라도 새로운 책을 계속 구입할 정도이지요."

신기하고 놀라워라! 부럽다 못해 경이로워라! 나는 자연히 나의 어린 시절을 더듬어 보았다. 모든 지식과 정보를 거의 ○○전과와 □□수련장을 통해서 듣고 배웠다 해도 과언이 아닌데……. 이럴 때 우리는 세상 좋아졌다고 해야 되나? 아니면 요즘 어린이들 행복하기는 하지만 한편 참 힘들게 사는구나, 라고 안쓰러워해야 하나?

며칠 전 학교 도서관 활성화와 청소년 독서문화의 문제점을 풀기 위한 모임에 참석해 많은 이야기를 나누었다. 함부로 말하는 이들이 '천박한 미국문화, 왜색문화'라고 하지만 그네들의 공공도서관 보급과 시민·청소년을 위한 도서관 프로그램, 책읽기 문화는 우리가 그렇게 함부로 가벼이 '씹을 만큼' 결코 허술하거나 천박하지 않다. 그러기에 풍부한 지원과 섬세한 배려 속에서 아이들은 생각의 '모래밭'을 마음껏 넓힐 수 있다. 작가들은 그 무한한 가능성의 모래밭에 주저 없이 이야기를 풀어놓을 수 있는 것이다. 그래서『고양이 뱅스가 사라진 날』의 샘의 이야기도 나올 수 있다.

어부인 아버지와 단둘이 사는 샘에게 돌아가신 엄마는 인어다. 물론 그것은 온종일 혼자 지내는 샘의 생각이고 샘만이 믿는 현실이다. 그래서 샘은 현관문 앞에 놓여 있는 너덜너덜한 깔개는 용이 끄는 이륜마차이고, 늙은 고양이 뱅스는 자기가 마음만 먹으면 언

제든 사람처럼 말할 수 있으며, 집 안에는 무서운 사자와 아기 캥거루가 있다고 말한다. 이렇게 샘은 입만 열면 갖가지 공상의 세계를 펼친다.

아버지는 걱정한다.

"오늘은 말이야, 기분을 바꿔서, 공상 말고 사실을 말해 보렴. 공상은 재난을 불러 온단다."

아버지는 딸이 상식을 벗어난 엉뚱한 생각을 하는 아이로 자라는 걸 원

치 않는다. 하지만
샘의 친구 토마스는 다
르다. 샘의 말에 한 번도
'왜? 거짓말! 어떻게?'라고 묻
거나 의심하지 않으며 그대로 믿
는다.

그러던 어느 날, 샘은 엉뚱한 말을 꾸며내어 토
마스를 항구에서 멀리 떨어진 푸른 바위로 보낸다.

"아기캥거루는 인어인 우리 엄마를 만나러 방금 떠났어. 우리 엄마는 푸른
바위 뒤에 있는 동굴에 산단다."

공상에 빠진 샘의 말을 믿고 토마스는 바닷가로 간다. 고양이 뱅스도 따라
간다. 그런데 갑자기 폭풍우가 휘몰아치고 밤늦도록 토마스와 뱅스가 돌아오
지 않는다. 다행히 아버지가 토마스를 바위 위에서 찾아 배로 집으로 데려다
주었다.

샘은 뱅스 걱정에 눈물을 흘리며 많은 생각을 한다. 이제 더 흘릴 눈물이 없을 것처럼 시간이 흐른 한밤중에 뱅스가 돌아온다. 그때 샘은 말한다.

"그래, 적어도 그건 공상이 아니야……."

황토색 계열의 노란빛과 검은색, 이 두 가지 색만 사용해 선과 엷은 채색의 기법으로 그려진 때문인지 샘의 외로움, 그래서 한없이 피어오르는 공상, 어쩔 수 없이 성장과정에서 부딪치는 공상의 허상과 한계, 그리고 그 때문에 현실의 진정성을 깨닫게 되는 과정이 밀도 있게 전해진다.

『고양이 뱅스와 사라진 날』문학동네, 2002

에벌린 네스 글 · 그림. 엄혜숙 옮김

 수신확인

현실과 공상의 경계를 구분하지 못하며 자기가 상상한 것을 진짜라고 믿는 것은 아이들의 자연스러운 성장과정이라고 말한다. 그런데 왜 어른들인 우리는? '내일은……' '다음 주에는……' '내년에는……' 하며 희망을 놓치 않는 우리는 아직도 성장 중이라는 걸까?

우리 집에 왜 왔니, 왜 왔니, 왜 왔어?

　　　　　1471년 커다란 배 한 척이 조용히 아프리카 기니만 연안에 닻을 내리고 포르투갈 선교사들과 군인과 선원들이 낯선 땅에 발을 디뎠다. 선교사들이 모래사장에 무릎을 꿇어 엎드려 기도하는 동안 다른 사람들이 주위를 살폈다. 잠시 뒤 환호성이 터졌다.

"황금이다!"

　그곳은 해변을 따라 수많은 황금이 돌처럼 구르는 곳이었다. '황금해안'으로 알려지기 시작한 그곳은 곧바로 유럽 각국의 야욕이 엉킨 전쟁터가 되었고 기니만 연안 지역은 (지금의 가나공화국) 아비 없는 어린 딸처럼 백인들에게 온갖 유린을 당하다가 이리저리 팔려 다니는 꼴이 되었다. 그 뒤 악랄한 노예무역이 성행했다.

　다행히 이제 가나는 민선정부의 어엿한 독립국가가 되었다. 그런데 가나에는 언제부터인가 집집마다 '파란 두건 샐마'라는 이야기가 전해지고 있다. 아이들을 위한 이 이야기는 황금채취로 시작하여 마침내는 나라를 식민지화한 유럽에 대한 경고이자, 가나인들의 마음속 용기와 단결을 보여주는 투쟁가이다. 서양의 『빨간 모자 소녀』와 가나인들의 『파란 두건 샐마』에 등장하는 두 아이는 아주 비슷하면서도 사실은 닮지 않은 길을 걷는다.

    할아버지 할머니와 사는 샐마는 명랑하고 착한 소녀로 어딜 가든 예의를 차린다. 그렇다고 멋도 모르는 순진댕이는 아니다. 샐마는 어디를 가든 최대한 눈에 띄고 싶어한다. 그것은 숙녀로서 상대방에 대한 당연한 예의니까!

그렇다고 샐마가 사치스러운 소녀는 아니다. 있는 것으로 자기를 치장할 줄 안다. 그래서 샐마는 허리가 아픈 할머니 대신 시장에 가는 길에도 파란 두건을 쓰고, 줄무늬 엔타마(가나 사람들이 입는 치마)를 허리에 두르고, 하얀 구슬 목걸이를 목에 건 다음 노란 샌들을 신는다. 머리에는 커다란 바구니를 얹고 할머니 볼에 뽀뽀한다.

"샐마, 한눈팔지 말고 다녀와야 한다." "모르는 사람하고는 절대 이야기마 하면 안 돼, 알았지?"

샐마는 집을 나선다. 샐마는 걸어 걸어 걸어……. 시장에 도착한다. 아침에 집을 나섰는데 한낮이다. 샐마는 할머니의 말대로 차근차근 수박을 사고 닭도 사고 달콤한 음료수도 사서 머리 위의 바구니에 담는다. 샐마는 배도 고파오고 햇빛이 뜨거워서 머리가 어질어질하다. 그러다 자신도

모르는 사이에 으슥한 뒷골목으로 들어선다.

그때 들개가 샐마 앞을 가로막는다.

"작고 예쁜 아가씨가 이렇게 무거운 바구니를 이면 쓰나. 내가 대신 집까지
들어다 줄까?"

컹!
컹!
컹! 컹!

샐마는 선뜻 바구니를 건네 주었어요.

들개는 샐마가 신고 있는 샌들을 보고는 자기 발에도 잘 맞을지 물어보았다. 그리고는 커다란 털투성이 발을 억지로 집어넣는다. 들개는 샐마의 엔타마와 하얀 목걸이도 빼앗더니 달아나기 시작했다. 샐마는 달아나는 들개를 잡기 위해 자기가 좋아하는 노래까지 가르쳐주었다.

결국 들개는 샐마인 척하고 할머니를 찾아갔다. 눈이 침침한 할머니는 들개를 샐마라고 생각했다. 하지만 할머니는 곧 들개가 노래를 부를 때 컹컹대는 것을 듣고 속았다는 것을 알았다. 그래서 늑대를 피한다고 도망치다가 커다란 솥 안으로 들어갔다. 그러자 들개가 잽싸게 뚜껑을 덮어버렸다. 일촉즉발의 위기 상황이다.

다행히 그때 샐마와 무시무시한 탈을 쓴 할아버지와 꼬마가 들이닥쳐 들개를 내쫓는다. 할머니가 무사히 솥 밖으로 나온 뒤 모두 숨을 돌리고 둘러앉아 샐마가 사온 수박을 먹으며 도란도란 이야기를 나눈다.

니키 달리 글 · 그림, 변경원 옮김

수신확인

들개는 무시무시한 탈을 보고는 겁이 나 도망쳐버렸다. 그러나 『빨간 모자 소녀』에 등장하는 늑대처럼 '확실하게' 죽지 않는다. 독립은 했지만 여러 가지 이유로 들개들의 검은 그림자를 벗어나지 못하는 가나의 슬픔 한 조각을 보는 듯하다.

우리는 왜 버리지 못하는가

창조주는 인간에게 모든 것을 주었다. 하늘과 땅과 바다와 그에 맞는 온갖 벌레와 동식물을 '공짜'로 주었다. 그뿐 아니다. 세상 모든 것의 주인이 되어 생육번식하며 다스리는 특권까지 선물로 주었다.

그런데 인간에게 주지 않은 한 가지 선물이 있다. 전지전능의 창조주가 깜빡 잊고 빠뜨린 것은 아닐 게다. 그것은 바로 '옷'이다. 어찌 보면 인간에겐 가장 보잘것없고 필요 없는 선물이리라. 심지어 아담이 혼자 자는 모습을 보고 하나님이 생각한 것은 '벌거벗은 아담의 허전한 몸'이 아니라 '혼자 잠자는 아담의 허전한 가슴'이었다.

그래서 하나님은 그에게 옷이 아닌 여자를 짝지어주었다. 옷에 대해서는 창조주도 인간도 염려하거나 계획도 의논도 농담도 하지 않았다. 그것에 대해선 어떤 여지조차 없었다.

하지만 뱀의 유혹이라는 사건이 벌어지는 순간, 인간이 제일 먼저 자각한 것은 자신의 '알몸'이었다. 창조주 역시 대진노와 낙원추방 명령 속에서도 인간을 위해 '손수 만든 작품'인 옷을(그전까지의 모든 창조과정은 '말씀'이었으니) 건네준다. 여기까지 보면 옷은 인간의 죄와 불행의 상징이자 스스로에 대한 자각의 시작점이기도 하다. 그러면서도 옷은 창조주가 인간에게 준 가장 친밀하면서도 최초로 애증과 한탄과 후회가 담긴 일곱 번째의 선물이며 작품이다. 그러고 보면 옷은 인간의 희로애락은 물론 욕망과 실패, 심판과 용서, 추방과 새로운 정착의 의미를 넘어서 무한한 가능성을 상징하는 '인간의 전부'를 담은 한 권의 책이라 해도 과언이 아닐 것이다.

　어떤 연유인지 모르나 아버지와 단둘이 사는 어린 남학생 피에르가 있다. 아버지는 아침마다 제 자신 역시 비몽사몽의 사투 속에서 아들을 깨워 학교로 보낸다. 그러던 중 사고가 일어난다. 아버지도 아들도 나란히 늦잠을 잔 것이다. 얼마나 시간이 흘렀을까.

　"얼른 준비해라! 시계가 울리지 않았어."

　늦었다고 서두르는 아버지의 재촉에 피에르는 아무 말도 못하고 책가방을 메고 새로 산 빨간 장화를 신고 학교로 간다.

　피에르는 그날 실오라기 하나 걸치지 않고 학교에 간 것이다. 그나마 아빠가 신발을 잊지 않아서 다행이었다. 신발은 빨간 장화다.

　운동장에 들어서자 친구들이 우르르 몰려와서 인사를 했다.

　"피에르, 안녕."

　"피에르, 별일 없지?"

　"피에르, 오늘 좀 달라 보이는데?"

　"어, 그런데 피에르, 너 장화 예쁘다."

아무도 피에르의 알몸을 놀리지 않는다. '저럴 수도 있지'라는 정도의 눈빛
이다.

교실 안에서 피에르의 일상은 자연스레 이어진다. 자연시간에는 피리새에
대해 발표한다. 피에르는 과학시간에도 선생님의 물음에 올바른 대답을 해
칭찬도 받는다. 피에르는 다른 날처럼 공부도 열심히 하고 선생님 말도 잘
듣는다.

그래도 무언가 불편하다고 여기지만 피에르는 체육시간이 되자 깡충깡충 뛰

어놀며 시원하고 자유롭다고 느낀다. 오히려 친구들이 부러워하는 눈치이다.

　피에르는 쉬는 시간에 풀밭 속으로 들어갔다. 그런데 피에르는 놀라움 반 반가움 반으로 멈춰 선다.

　자기처럼 초록 장화만 신은 또래 여자아이를 만나다니! 두 아이는 '너는 왜 옷을 안 입었니? 너는 왜 여기 있니? 너는 누구니?'라는 따위의 질문은 나누 지 않은 채 숲 속을 뛰논다.

아직 수업이 시작하려면 한참 남았다. 피에르는 자기와 똑같은 친구를 만난 것으로 행복하다. 물론 옷을 입은 같은 반 친구들도 좋아, 얘들아!

알몸으로 학교 간 날 | 아름다운사람들, 2009
타이-마르크 르탄 글, 벵자맹 쇼 그림, 이주희 옮김

 수신확인

지금 우리는 옷의 온갖 권력 구조 속에서 얼마나 자유로운가? 그런데 잠깐! 거울 앞에 서기 전에 눈을 감고 생각해보자. 내 삶 속에 버려도, 없어도 되는 것들이 무엇일까? 어떤 사람이 말하네요. '나는 물건 말고 사람이 있어요!'

제3장

즐거운 곳에서
날 오라 하여도

너와 나, 작은 집 한 채의 꿈

어릴 적 소꿉놀이는 즐겁고 정겨운 추억이면서 영원한 판타지 중의 하나이다. 누구나 꼭 한 번은 순희야, 철수야, 바둑아 하며 놀고 싶어한다. 왜일까? 소꿉놀이는 기껏해야 '아이들이 자질구레한 그릇 따위의 장난감으로 살림살이 흉내를 내며 노는 것'뿐인데!

요즈음 사람들 큰 고민 중 하나는 내 가족과 함께 등 따스하게 데우며 도란도란 말 나눌 수 있는 방 한 칸을 얻는 것이다. 하지만 집이 들어선 곳마다 샅샅이 둘러봐도 가진 돈으로는 어림도 없는 서늘한 세상이다.

최근 뉴스를 들어보자.

"전세값이 거침없이 치솟은 것으로 드러났다. 최근 1년 동안 전세값이 급등하면서 수도권 1억 원 이하 전세아파트가 10만 가구 이상 줄어든 것으로 나타났다."

이 뉴스는 서민들의 보금자리가 허공으로 사라졌다는 이야기이기도 하다. 그리고 1억 원 이하를 포함해 7천, 5천, 그리고 1천만 원 이하의 월세방마저도

연기처럼 사라졌다면, 그만큼 힘든 사람들이 누울 곳이 어디론가 날아가버렸
다는 이야기이도 하다.

　그래서인지 텔레비전에서 어려운 이웃의 이야기를 전할 때 고시텔이란 곳이
빠짐없이 등장한다. 퀴퀴한 냄새와 지린내가 풍기는 지하방은 아니지만 창문
하나 없이 관처럼 누울 자리만 있는 방 한 칸. 그래도 엄마와 딸이, 아버지와

아들이, 남매가 때로는 할머니와 손자가 쪼그려 누울지언정 함께할 수 있는 공간만 있다면 절망하지 않으리라!

지금으로부터 47년 전인 1962년에 독일의 한 여학생이 글을 쓰고 그림을 그린 『우리들만의 작은 집』은 놀라울 정도로 우리네 현실과 닮았다. 한 건물의 다락방에 사는 한스와 지하방에 사는 피터. 다락방과 지하방에는 공통점이 있다. 두 아이의 갈망이 그득 맴돈다는 점이다.

한스는 다락방에서 살기 때문에 창문으로 내다보면 지붕들만 보인다. 더구나 비 오는 날, 천장에서 비가 새면 주저앉아 버린다.

'비 오는 날 지붕에서 똑똑똑 빗물이 떨어지면 한스는 아래층 집이 더 생각나지요.'

창밖으로는 지나다니는 사람들의 발만 보이는 지하방의 피터도 기도한다.

'피터는 윗층 집에서 살게 해 달라고 소원을 빌어요. 그래야 파란 하늘이랑 하얀 구름을 볼 수 있잖아요.'

같은 소원을 가진 두 아이는 친구가 된다. 그리고 약속한다.

"우리 어른이 되면 꼭 예쁜 집을 짓자. 그래서 엄마, 아빠를 깜짝 놀래 주는 거야. 어때?"

"좋아! 축하 파티도 열자. 그리고 매일매일 창가에 서서 나무랑 뜰에 핀 꽃들을 보는 거야."

그러던 어느 날, 한스와 피터는 빈터에 버려진 낡은 집을 발견한다. 온통 거미줄로 뒤엉켜 있고 낡은 난로와 망가진 의자만 쓸쓸하게 남아 있는 흉물스러운 집이다. 한스와 피터는 집주인의 허락을 받고 그 집을 아이다운 발상

과 그 능력만큼, 아니 그보다 더 적극적으로 자기들의 놀이터로 바꾼다.

한스와 피터는 구석구석 먼지를 털고 걸레로 닦은 다음, 이웃에 사는 화가 아저씨의 일을 도와드리고 얻은 페인트 벽을 칠한다. 물론 집 단장이 쉬운 건 아니다. 페인트를 빨리 마르게 하려고 낡은 난로에 불을 피우다가 벽도 천장도 바닥도 온통 숯검정이 되기도 한다. 다행히 굴뚝 청소부 아저씨 도움으로 난로를 고치고 다시 집 단장을 한다.

큰 나무 상자로 탁자를 만들고 작은 사과 상자로는 의자를 만든다. 신문을 오려서 예쁜 커튼을 만들고 헌 옷을 잘라 길게 이어 양탄자도 완성!

이런 과정과 변화는 자기가 갖지 못한 것을 애타게 그리워하던 두 아이의 가슴에 긍정의 에너지로 흘러든다. 한스와 피터가 날마다 창문을 통해 바라보는 것은 더 이상 남의 집 지붕이나 사람들의 발이 아니다. 자기 미래의 설계도이다.

어른들은 아이들의 노력에 박수를 친다. 그 박수는 절망하고 포기하며 자기연민에 흠씬 젖은 채 무기력하게 살아가는 어른 자신에 대한 울림인지도 모른다.

하이드룬 페트리데스 글 · 그림. 사과나무 옮김

 수신확인

세상은 넓고 집도 건물도 여름 열매처럼 넘쳐난다. 그래도 내 아이에게 책상 하나 들여놓을 수 있는 방 한 칸을 소원하는 부모들의 마음은 어째서 이루어지지 않는 건지? 그래도 사랑하는 이들을 위한 우리 마음 한 칸은 전세나 월세가 아닌 무료로 내어줍시다.
'아무것도 묻지도 따지지도 않고 언제나 입주 가능!'

엄마, 제가 해낸 걸 보세요

　　　　세상에는 직업만큼이나 많은 취미생활이 있다. 그렇다면 취미의 정확한 뜻은 무얼까? 사전에 따르면 취미는 전문적으로 하는 것이 아니라 즐기기 위하여 하는 일, 아름다운 대상을 감상하고 이해하는 힘, 감흥을 느끼어 마음이 당기는 멋이라고 한다.

하지만 경제 제일의 세상은 취미마저 그 의미를 바꾸어놓은 듯하다. 새학기를 맞은 대학생들의 동아리 선택 기준이 예전에는 '취미'였지만 지금은 '취업'으로 바뀌었다. 그래서 대학교의 동아리들 사이에서는 취업과 연계되는 동아리가 큰 인기를 얻고 있다고 한다.

어느 대학의 경우, '증권연구회 동아리'가 학생들의 요구를 충족하는 '명품 동아리'로 캠퍼스 내에서 최고의 인기를 얻고 있다. 그 결과 올해에도 그 동아리 출신 학생이 취업에 가장 많이 성공했다고 알려졌다. 그뿐 아니라 우수 취업 스터디 그룹으로 지정되어 매년 적지 않은 재정적 지원을 받게 되었다고 한다.

앞으로 대학생들의 취미활동은 곧 취업활동으로 변할지도 모를 일이다. 그렇다면 아직 취업과는 거리가 먼 우리의 아이들은 어떠할까? 통계를 보면 우리의 청소년들은 취미생활 자체가 아예 없는 경우가 많다. 주로 텔레비전과 컴퓨터 앞에서 시간을 보낸다. 즉 집이나 피시방에서 취미도 특기도 아닌 활동을

한다는 말이다. 공부를 잘하든 못하든 학생들은 일단 '성적과 숙제와 시험'에서 단 하루도 해방되거나 압박감에서 벗어날 수 없기 때문이다. 우리 아이들에게 취미는 사치스러운 단어인 것이다.

그런데 나처럼 안방군수인 사람들은 이해할 수 없는 취미 중 하나가 낚시이다. 작가인 나는 종일 책상 앞에서 여러 권의 책들, 전화기, 컴퓨터, 음악, 커피 등의 다양한 도구를 사용하며 일한다. 온갖 사람들과 소통하고 그러면서 마음을 지지고 볶이고 작업을 진행해야 하고 수차례 양치질로 마음을 다잡고……. 그래도 안 될 때에는 운동화를 신고 달리기를 하는 작가에 비하면 유유자적하게 물가에 앉아 낚싯대를 드리우는 사람들은 말 그대로 신선의 취미를 가진 게 아닌가 한다.

바닷가에 사는 꼬마 마틴도 물가로 가고 싶어한다. 아직 학교도 안 다니는 조그만 아이가 물가를 그리는 것은 신선의 즐거움 때문은 아닐 거다. 어른들

을 따라 몇 번 물가로 나갔을 때 느꼈던 즐거움이 자기만의 놀이가 되었겠지. 그런 마틴에게 엄마는 낚싯줄은 물론 장화, 양동이, 밧줄, 모자, 우산을 꼭 챙기라고 말한다. 얼마나 즐겁고 설렜는지 바닷가에 온 마틴에겐 벌레를 꿴 낚싯줄 하나만 달랑 있다.

"너 나와 함께 우리집에 가지 않을래? 낚싯줄을 따라서 말이야."

마틴이 물고기에게 말했다.

작은 물고기 한 마리 달랑(어른들은 '달랑'이라고 생각할 거다) 낚싯줄에 매달고 집으로 향한다. 엄마한테 자랑해야지, 집에서 잘 키워야지, 라는 생각에 마틴의 걸음은 빨라진다. 당연히 낚싯줄이 걸쳐진 제 등 뒤에서 얼마나 엄청나고 신기한 일이 벌어지는 줄 알지 못한다.

줄에 매달린 작은 물고기를 물개가 덥석 물어버리고 물고기 대신 매달린다. 그러더니 이번에는 뱀이 물개를 쫓아내려다 제가 동동 매달린다. 뺑! 곰이 뱀을 차버리고 낚싯줄을 차지하네! 풍덩! 악어가 곰을 물속에 빠뜨리고 낚싯줄을 덥석 물고, 악어가 하마한테 밀리고, 하마는 싱겁게 코끼리한테 낚싯줄을 내어주더니……. 와, 드디어 고래 한 마리가 낚싯줄의 주인이 되었다!

마틴은 바닷가로 오는 동안 잃어버렸던 장화, 우산, 모자 등을 하나씩 발견하느라 낚싯줄에서 어떤 놀라운 일이 일어나고 있는지 전혀 알아차리지 못한다. 마틴은 커다란 파란 고래 한 마리 매달고 집에 들어서며 엄마에게 자랑스레 외친다.

"엄마! 빨리 와서 보세요! 내가 잡은 예쁜 물고기!"

야엘 방 데 호브 글 · 그림, 강미라 옮김

수신확인

우리의 아빠들은 커다란 고래 한 마리를 등에 매달고 당당하게 집에 들어서서, 환호는 아니더라도 사랑과 칭찬의 밥상을 받고 싶다. 그러나 오늘도 등이 허전한데……. 벙긋거리며 달려오는 자식들을 보고 놀란다. 내 사랑스러운 파란 고래들이 여기 있었네!

아빠가 꿈꾸는 세상 이야기, 들어볼래?

재미있는 이야기를 들었다.

"아버지는 자기 아들이 아버지보다 잘났다고 하면 기뻐하고 형은 아우가 더 낫다고 하면 노한다."

이 말은 '엄마는 딸이 엄마보다 잘났다고 하면 기뻐하고 언니는 동생이 더 낫다고 하면 샘낸다'이기도 할 것이다. 너무도 당연한 말이다.

요즘 세상이 하도 수상하여 입에 담기조차 끔찍한 부모 자식 간의 사건이 날마다 벌어진다. 하지만 그것은 세상의 모든 부모 자식의 수와 비교하면 그야말로 손톱만큼도 안 된다. 세계 곳곳마다 화폐와 종교와 문화와 음식과 결혼풍습과 이혼 절차와 교육제도가 아무리 다르다 하더라도, 단 하나 완벽하게 일치하는 것은 부모의 사랑이다.

아무리 가난한 나라라 하여도 부모가 자식을 시장에 내다 팔지는 않는다. 귀찮아 하여 분리수거함에 던져넣지 않는다. 생각하는 게 다르다고 아버지가 자식을 재판관 앞으로 끌고 가지 않는다. 어미가 자식을 제 인생뒤집기의 도

구로 활용하지 않는다.

세계 제일의 부자국가 부모라 하여 자식에게 하루 여섯 끼를 먹이지는 않는다. 하루 수십 번 명품 옷으로 갈아입히지 않는다. 아버지는 아버지의 사랑으로, 어머니는 어머니의 사랑으로 아이를 키운다. 그리하여 두 사람의 하나된 '진실한 사람의 사랑'으로 우리를 키워주고, 우리는 우리의 아이를 키워가는 것, 이렇게 가정과 삶과 미래의 기초는 이뤄지는 것이다.

1922년 평안남도 강서군 출생. 남한에 가족은 단 한 명도 없이 친척 몇 분인 나의 아버지는 언제나 유머가 넘쳤으며 우리에게 많은 이야기를 해주셨다. 옛날이야기는 물론 고향의 풍경과 가족, 강서 출신의 위인들, 일제시대와 6·25 전쟁을 넘나들던 용감무쌍 하면서도 믿거나 말거나 한 일들을! 아버지가 알고 있는 이야기에 '하고 싶은 이야기' '상상할 수 있는 온갖 이야기'를 덧붙여 들려주셨다. 생각해보니 나의 첫 이야기책, 최초의 학습백과사전, 오직 하나뿐인 세상과 인간사의 온갖 필름은 아버지의 이야기이다.

이 책 속의 아빠도 즐거운 이야기꾼이다. 다행히 아이는 아빠 이야기를 선생님 말씀처럼 잘 들어주는 어린아이다. 우리 집 자동차가 다른 집 차보다 작다고 투정하면 '아빠 어렸을 적엔 공룡버스를 타고 다녔어. 진짜 힘들었지. 얼마나 힘들었는데' 라며 굴러가는 차라도 있는 게 다행인 줄 알라고 한다.

휴일에 놀이동산에 안 데리고 가고 잠만 자냐고 추궁하면 '아빠 어렸을 적엔 맘 놓고 낮잠을 잘 수가 없었어. 무슨 일이 일어날지 몰랐거든'이라며 휴식을 변명한다. 아픈 아이가 약을 먹지 않겠다고 앙앙대도 아빠는 물러서지 않는다.

"아빠 어렸을 적엔 감기라도 걸리는 날에는 그냥 죽는 거였어. 약이나 주사 같은 게 없었거든."

동네 축구를 하는데 헛발질만 한다고 엄마와 함께 놀리면 '아빠 어렸을 적에도 축구가 인기였어. 그런데 그땐 돌이 축구공이었어. 헤딩을 하려면 용기가 필요했지.'

아빠는 학교 다닐 때 일등만 했냐고 아이가 떠보면 '아빠 어렸을 적엔 학교가 없었어. 그래서 제대로 아는 게 없었지'라며 위기를 넘긴다.

어느새 아빠는 꿈을 꾸듯 말한다.

"아빠 어렸을 적엔 끔찍한 일들이 곳곳에서 일어났어. 그래도 요즘 텔레비전만큼 무섭지는 않았지.""아빠 어렸을 적엔 시계가 없어서 다들 회사에 지각을 했어. 그렇지만 아무도 야단치지 않았단다. 회사에도 시계가 없었거든.""아빠가 어렸을 적엔 세상을 지배하던 건 사람이 아니라 에덴 동산의 사과였어."

아빠를 귀찮게 하고 때로는 자존심 상하게 하는 질문에 궁여지책으로 지어낸 자기방어용 대답이다. 하지만 이것은 자기 과시와 시대가 강요하는 이상적인 아빠상을 넘어 마침내는 자신이 참으로 꿈꾸는 세상을 이야기하고, 정말 살고 싶은 한 남성, 한 자유로운 인간의 모습, 그리고 그러한 꿈이 가능할 것 같은 세상을 이야기한다.

뱅상 말론느 글 , 앙드레 부샤르 그림, 이정주 옮김 | copyright ⓒ Andr   Bouchard

 수신확인

『아빠 어렸을 적엔 공룡이 살았단다』는 '아빠는 이런 세상에서 살고 싶지'라는 말일 수도 있다. 당신의 휴식을 흔들어대는 아이에게 이야기꾼이 되어보아라. 아이의 반응과 토요일, 오늘의 평안은 당신의 상상력만큼이리라!

구름아, 내 웃음을 전해줘

　　　　　　동식물을 의인화한 책 속에서 가족이 중심인 경우, 대부분 엄마와 아이가 주인공이다. 동물의 생태와 습성 때문에 아이들은 잉태되거나 태어나는 순간부터 아빠보다는 엄마의 보살핌 속에서 자라는 예가 훨씬 많다. 하지만 이왕 의인화한 동화라면 가족의 구성원도 사람 사회답게 설정하면 또 다른 재미도 있을 것이다.

　그러나 책 속의 동식물 가족은 대부분 엄마만의 한 부모 가정으로 그려진다. 아빠가 등장하는 예는 드물다. 그림책이나 동화책을 읽어주는 아빠들이 적이 당황해하는 부분이기도 하다.

　『바람에게 전한 포옹』 역시 이런 가정환경을 배경으로 한다. 하지만 독자들은 책을 펼치기도 전에 솜꼬리토끼 모자의 다정한 첫 장면에서 아무 의문도 없이 이야기에 빠져들 것이다. 수채화처럼 부드러운 파스텔톤 색감의 오렌지빛 털과 하얀 솜꼬리를 가진 토끼의 모습, 그리고 세상의 악은 그림자조차 찾아볼 수 없는 평온한 자연 풍경에 우리는 저도 모르게 잠시 안식을 맛볼 것이다.

엄마와 단둘이 사는 아기 솜꼬리토끼는 돌아가신 할아버지를 몹시 그리워한다. 할아버지와 나누었던 포옹, 웃음, 뽀뽀, 이야기들……. 모두 그립고 다시 나누고 싶다. 그러나 할아버지를 아무리 불러도 대답이 없다. 아기 토끼는 엄마에게 묻는다.

"할아버진 나랑 뭘 하고 놀았을 때를 가장 그리워할까요?"

"할아버지는 언제나 너랑 꼭 껴안는 걸 좋아하셨지."

엄마의 말에 아기 토끼는 두 팔로 동그라미를 만들어 바람을 꼭 안아준다. 바람이 초원을 가로질러 할아버지에게 자신의 포옹을 전해줄 거라 생각하면서.

"할아버지는 또 무얼 그리워할까요?"

"할아버지는 늘 네가 방긋 웃는 걸 보며 행복해 하셨지."

아기 토끼는 하얀 구름을 보며 한껏 웃는다. 구름아, 내 웃음을 할아버지
한테 보내줘.

아기 토끼는 할아버지와 이야기하고 싶으면 강가로 달려간다.

"할아버지는 또 무얼 그리워할까요?"

"네 우스갯소리에 할아버지가 껄껄 웃으시던 거 기억나니?"

아기 토끼는 강가로 달려간다. 강물아, 할아버지한테 내 이야기를 전해줘.

이윽고 밤이 되고 하늘에서 수많은 별들이 반짝이며 윙크했다.

"할아버진 침대에서 나를 재워줄 때마다 윙크했어요."

"지금도 할아버지가 별들에게 윙크하고, 별들이 나한테 윙크를 전하는 거
예요."

엄마 솜꼬리토끼는 아기 솜꼬리토끼의 코에 뽀뽀를 하고 따스하고 폭신한

침대에 누여주었다.

할아버지에 대한 아기 토끼의 애틋한 사랑에 눈물이 핑 돌 지경이다. 마치 엄마 잃은 아이의 울음, 가슴 저린 하소연처럼 아릿하다. 어른이든 아이든 추억과 기억만큼 서로를 이어주는 단단한 끈도 없을 것이다. 그것이 다정하고 행복했던 순간들이었다면 더더욱 그러하리라.

마샤 다이앤 아놀드 · 버니스 일레인 펠첼 글, 엘사 워닉 그림, 이상희 옮김

수신확인

토요일 오후, 어느 도서관에서 이 책을 낭독했을 때 아이들이 질문했다.
"아기 토끼네 아빠는 어디 있어요?"
"왜 아기 토끼는 아빠 토끼를 안 찾아요?"
나의 대답.
"얘야, 지금 너희 아빠는 어디서 무얼 하고 계시니?"

아이에게 엄마는 '모든' 것이다

고대 그리스인들은 '사랑'을 피라미드식으로 나누어 생각했다. 제일 아래에는 남녀의 사랑 에로스, 그 위에는 우정 필로에, 그 위에는 부모의 무조건적인 사랑 스톨케, 그리고 맨 위는 사랑의 완성인 아가페라고.

이것을 거꾸로 생각하면 절대 사랑인 아가페라도 그 바닥에 사랑, 미움, 질시, 증오, 배신, 용서, 화해 등 인간의 온갖 교감과 관계의 터 위에서야 온전히 완성될 수 있다는 말이기도 하다. 하지만 어떤 사랑이든 대상, 즉 '누군가' 있어야 한다. 창조주가 인간을 만든 이유도 자신의 사랑을 보여주고 결국은 자신도 사랑을 받고 싶었기 때문이 아닐까?

더구나 그것이 자식을 향한 사랑이라면 그 깊이와 넓이는 무엇으로 잴 수 있으랴! 하지만 요즘 세대를 보면 모정도 이미 변질되었고 천륜이란 것도 한낱 거추장스러운 것으로 버려진다고 개탄하는 이들도 있다. 수용하기 거북하지만 틀린 말은 아니다. 우리는 하루 걸러 빗나가고 어그러진, 때로는 잔혹한 모정의 사건들에 대해 듣게 된다. 그래서인지 아이들은 부모가 조금만 냉전 상태가 되어도 두려움에 휩싸인다고 한다.

'엄마랑 아빠가 우리들을 버리는 게 아닐까? 왜 어른들은 서로 싫으면 이혼 하면서 우리들은 책임지지 않을까?'

이미 인터넷을 통해 날마다 온갖 세상사를 접하는 아이들이니 이 정도 생 각하는 건 당연한 듯하다. 하지만 사람들은 모정은 근본 변하지 않는다고 믿 고 싶어한다.

산 속에 엄마 여우랑 아기 여우가 살고 있었다. 아빠 여우는 아기 여우가 태어나자마자 병들어 죽고 말았다. 하지만 엄마 여우는 아기 여우가 있어서 쓸쓸하지 않았다. 아기 여우는 하루가 다르게 무럭무럭 귀엽게 자랐다.

하지만 여름이 가고 쌀쌀한 가을바람이 불어왔을 때 아이 여우는 시름시름 앓더니 죽고 말았다.

엄마 여우의 구슬픈 울음소리가 산을 휘감는다. 자신이 정성껏 키우지 못 해 아기가 죽었다는 괴로움에 엄마 여우는 밥도 먹지 못한다. 몇 날 며칠을 울 다가 산 아래까지 내려온 엄마 여우가 발을 멈춘다. 산 입구에 있는 아주 오래

되고 쓰러질 것 같은 낡디낡은 전화박스에서 방
긋방긋 웃으며 전화하는 남자아이를 보았다.

"어머나, 귀여워라. 우리 아기도 사람이었다
면 저 사내아이 또래일 텐데……."

엄마 여우는 자기의 죽은 아기를 생각하며 한
없이 다정한 눈길로 아이를 지켜본다. 그 다음
날부터 엄마 여우는 같은 시간이면 전화박스
근처에 살그머니 앉아 아이를 기다린다. 전
화 내용을 들으면서 아이의 사정도 알게 된
다. 엄마가 아파서 도시의 병원에 있기 때문에
아이는 날마다 전화로 엄마와 이야기를 나눈다. 그런데 참 이
상하다. 아이가 제 엄마와 통화할 때마다 엄마 여우도 마음속으로 자기 아기
와 즐겁게 이야기를 나눈다!

그런데 전화기가 고장이 나고 말았다. 엄마 여우는 그 아이의 전화박스
가 되어 줄 수만 있다면 하고 바란다. 그러자 엄마 여우가 꼿꼿이 선 채로
전화박스로 둔갑했다. 아이는 여우의 전화박스에 들어와 엄마랑 전화통화
를 했다. 아이는 엄마가 있는 도시로 이사 가게 된다는 내용이었다. 엄마
여우는 다시는 아이를 만날 수 없게 된 것이다.

그러자 캄캄하게 꺼져 있던 전화박스의 불빛이 깜박이더니 밝아진다. 엄마
여우는 조명등이 고장난 전화박스 안으로 들어갔다. "그래, 나도 그 사내아이
덕분에 우리 아기 생각을 떠올릴 수 있었던 걸……."

엄마 여우는 수화기를 집어들었다.

"여보세요, 아가⋯⋯?"

하지만 아무 소리도 들려오지 않았다.

'그래, 우리 아기는 언제까지나 엄마 마음속에서 엄마랑 함께 살고 있는걸. 이젠 아무렇지도 않아. 혼자서도 견딜 수 있어.'

사실 전화박스는 엄마 여우를 위해서 마지막 남은 힘을 다 내어 불을 밝혀 준 것이다. 따스한 전화박스 불빛 아래에서 엄마 여우는 밤이 새도록 행복한 얼굴로 아기와 이야기를 나눈다.

도다 가즈요 글, 다카스 가즈미 그림, 햇살과 나무꾼 옮김

수신확인

물질만능주의의 후예들이 사람의 마음을 쥐고 흔들고 사고팔고 희롱하며 때로는 처참하게 짓밟는다. 게다가 그것이 유행이고, 대세이며, 시대가 변했고, 그런 게 잘 나가는 인간이라고 변명해주는 호위부대까지 거느린다. 그래서 점점 사랑이 고약해지고, 이벤트 없이는 조롱받나보다.

무서웠지, 이제는 편히 잠자렴

　　　　나에게도 동화 같은 일이 생겼다. 집 청소를 하다가 9년 전 잃어버린 인형을 찾은 것이다. 키 10센티미터, 거꾸로 쓴 하얀 야구모자, 두 갈래로 땋은 구불구불한 머리카락, 하트가 그려진 분홍 티셔츠, 회색 스트라이프 스커트, 하얀 장화를 신은 듯 둥글고 커다란 발을 가진 꼬마 코커스패니얼 여자 강아지 인형. 나는 먼지 묻은 인형을 깨끗이 목욕시켜 말린 뒤 교통카드를 매달았다. 차멀미 불치병자인 나는 달리는 버스 안에서 강아지 인형을 손에 꼭 쥔 채 성경 속의 한 여인을 생각했다. 잃어버린 동전을 찾으려 등불을 켜고 집을 쓸며 부지런히 찾다가 마침내 찾아내자 함께 기뻐하자며 이웃을 불렀던 여인. 유치하게 인형은 뭐고, 동전은 뭐야?라며 비웃을지 몰라도 모든 물건에는 사람처럼 '이야기'의 '역사'가 있다.

　그래서 사람들은 저마다 '버리지 못하거나' '버리지 않는' 저마다 역사의 증거물들을 갖고 있다. 그런 것들은 세상에서 값을 쳐주지도 않는다. 진품명품 코너에도 내놓지 못한다. 때로는 너무 꼬질꼬질하거나 낡거나 심지어는 더

러워서 오히려 남들 눈에 뜨일까 보아 감추기도 한다. 하지만 변함없는 사실은 그것은 바로 나의 역사, 내 삶의 기록, 나만의 이야기를 담은 책이라는 것이다. 사람에 따라 나이가 들수록 이런 것들이 늘어나기도 하고 줄어들기도 한다. 하지만 그 가짓수는 중요하지 않다. 단 하나에도 천 년의 이야기가 담길 수 있고 수백 개라 해도 그 하나하나가 모두 소중한 기록을 담고 있을 수 있으니.

책 속의 어린아이에게도 둘만의 이야기를 담고 있는 존재, 토끼 인형 두두 (두두는 프랑스어로 아이가 늘 가지고 다니며 아끼는 담요나 인형 같은 물건을 말함) 가 있다. 물론 아이에겐 다른 인형들이 많다. 하지만 그들은 두두처럼 아이와 쌓은 이야기와 냄새와 자국과 자취가 없다. 있다 해도 세탁기에 돌리면 말끔히 사라지는 콧물자국 정도. 어? 그런데 엄마와 함께 동네 병원에 다녀와 보니 두두가 없네? 두두가 어디 있지? 두두야! 소리쳐 불러본다.

아참, 병원에 두고 왔어. 두두가 없으면 난 잠도 못 잔다고. 다른 애가 두두를 빙빙 돌리거나 팔다리를 잡아당기면서 못살게 굴면 어떡하지? 의사 선생님이 두두를 찾아 내서 주사를 1000대나 놔줄지도 몰라. 두두를 쓰레기통에 던져 버리면 어떡하지? 그럼 쓰레기차가 무시무시한 쇠 이빨로 두두를 우두둑 씹어 먹을지도 몰라. 안 돼! 나는 두두를 구해내야 돼!

늦은 저녁, 아이는 아무도 몰래 두두를 찾으러 집을 나서려 한다. 그런데 한 발자국을 떼기도 전에 두려움이 발목을 꽉 잡는다.

"심술 사나운 거인이 나를 끌고 가면

어떡하지? 아무도 나를 찾지 못할 거야. 나를 지하에 꼭꼭 가두면 어떡하지? 무시무시한 동물들이 슬금슬금 다가오면…… 으악! 내가 아무리 소리쳐도 아무도 듣지 못할 거야.”

그때 울리는 초인종 소리. 의사 선생님이 퇴근길에 두두를 데려왔다.

“두두!”

“아, 행복해! 왜냐하면 말이야, 사실은 나 혼자 두두를 찾으러 가는 게 겁났거든.”

아이는 두두를 꼭 껴안고 잠이 든다.

오로어 제쎄 글, 바바라 코르투에스 그림, 양승현 옮김

 수신확인

우리가 말하는 ‘정’이란 이야기이고 역사이다. 이야기는 굴곡이 많아야 흥미롭고 가치있다. 하루도 마음 편할 날 없는 이야기를 함께 만들어가는 사람들은 때로는 징글징글한 내 가족, 친구들, 모두 내 역사의 주요 등장인물들이다. 있을 때 잘하시압!

들리니? 생명의 소리가

내가 '서울 출생'인 탓일까? 자동차의 무지막지한 매연 폭탄과 단단한 시멘트, 사람들의 숨 가쁜 발걸음 아래에서도 초록 이파리와 팥 알만한 꽃송이를 피어 올리는 풀과 들꽃을 보면 경외심마저 든다.

그래서 나는 되도록 허리와 다리와 고개를 굽혀 그들의 얼굴과 마주한다. 그때마다 나는 웃는다. 모든 꽃과 풀에게도 얼굴이 있네. 얘는 좀 깍쟁이 같아. 쟤는 참 착하게 생겼어. 저 애는 누구랑 싸웠나?

한번 보시라! 모든 꽃과 풀은 제 얼굴이 있고 그 얼굴들은 모두 저마다의 독특한 성격을 갖고 있는 듯하다. 마치 우리처럼 말이다. 도시에서 만날 수 있는 소박한 벗들은 또 있다. 샐러리맨처럼 바삐 움직이는 까만 개미들과 가로수 줄기에 단독주택을 세운 거미들, 노숙자의 친구처럼 낡은 외투를 걸친 듯한 비둘기들을 만나게 되면 나는 삶의 실체를 보는 기분이 된다.

이 작은 '생태계'를 아직 내가 눈앞에서 보고 귀로 들을 수 있다는 감사함에 풀잎 위의 먼지조차 소중하게 여겨진다. 그러다 보니 무심하게 지나가는 강아지조차 나에게는 자연으로 다가온다.

그런데 세상은 이런 자연이 영 부담스러운가 보다. 동네의 애완견 센터 이름을 보면 그리 짐작할 수밖에 없다. '누렁이를 브래드 피트로!' 누렁이가 누렁이로 있는 게 자연일진대 굳이 누렁이의 털을 지지고 볶고 자르고 염색한다. 누렁이의 발톱을 깎고 다듬고 색칠하고 신발까지 신긴다. 그런데다 목소리를 영구 차단시키고 불임수술까지 시킨다. 그렇게 하여 누렁이를 브래드 피트로, 즉 자연을 조형물로 만들고는 창작이라 하며 기뻐한다.

언젠가 텔레비전에서 하는 영국 다큐 프로그램에서 인도네시아에서 벌어지고 있는 대규모 팜오일 플랜테이션 현장을 보았다. 어마어마한 열대림을 파괴하고, 그 자리에 연료온실가스 배출 저감을 목적으로 바이오디젤 연료를 얻기 위해 팜 나무를 대량으로 심는 것이다. 그런데 그 이후로 너무나 아이러니한 일이 일어났다. 팜오일 농장에서는 새소리가 들리지 않는다, 원숭이도 보이지 않는다. 리포터가 말한다.

"너무도 적막합니다. 아무 소리도 들리지 않아요! 사람과 기계 소리만 들립니다. 무서울 정도입니다!"

그래도 아기토끼가 사는 마을에는 '소리'가 있다.

무슨 소리지?

산새들의 날갯짓 소리. 멀리서 들려오는 꼬꼬댁 꼬꼬꼬……. 아기토끼는 혼자 동굴 밖으로 나왔다. 바깥에서 소리가 났다. 아기토끼는 귀를 기울였다.

아하, 벌 소리였다.

이제 아침밥 먹어야지. 아기토끼는 커다란 초록 이파리를 먹기 시작했다.

아, 배불러!

　아기토끼는 동그래진 배를 앞으로 죽 내밀고 입은 마음껏 벌리고 기지개를
켰다. 어? 소리가 나네. 아기토끼는 무언가 할 때마다 몸에서 소리가 나는 게

너무 신기했다. 간지러운 귀도 긁었다. 이번엔 무슨 소리가 났을까?

아기토끼는 온종일 소리 듣는 재미에 푹 빠졌다. 저녁이 되니까 해가 졌다. 해가 질 때는 무슨 소리가 나지? 아기토끼는 조용히 해 지는 모습을 바라보았다. 그때 '타다닥' 소리가 들렸다. 여우가 나타났을 때 엄마가 보내는 '빨리 굴 속으로 도망 쳐!'라는 신호이다.

아기토끼는 얼른 굴 속으로 뛰어들어갔다. 그리고 작은 소리로 코를 샐룩거리며 냄새를 맡았다. 아기토끼가 낸 작은 소리는 뭘까? 고요한 밤, 아기토끼는 따스한 굴 속에서 곤히 잠들었다.

마거릿 와이즈 브라운 글, 리자 맥크 그림, 봉현선 옮김

수신확인

아이들아, 부모님 잔소리도 아무나 듣는 게 아니란다. 부모님이 돌아가시거나 말 못할 정도로 아프면 잔소리는 들을 수 없게 되겠지. 그러니까 차라리 잔소리 듣는 게 낫지 않겠니? 그리고 어른들이여, 위층의 아이들 뛰노는 소리나 옆집 개소리도 가끔은 겸허히 들읍시다. 그런 소리를 들을 수 있는 것도 도시에 사는 특권이랍니다.

그대가 누구든, 어디서 왔든, 내일 간다 하든

1959년 유엔에서 제정된 어린이 청소년 권리조약 42항목 중 7항은 다음과 같다.

'우리는 이름을 가질 권리가 있다. 그래서 우리가 태어날 때 우리의 이름, 부모님의 이름, 태어난 날이 기록되어야만 한다. 우리는 국민이 될 권리가 있다. 날 낳아준 부모님이 누구인지 알 수 있는 권리와 부모님에게 보살핌을 받을 권리가 있다.'

하지만 세월이 많이 흐른 지금 우리들은 이 선언문을 40년이나 된 낡고 오래된 종이 위의 끄적거릴 정도로 여기는 건 아닐까?

어느 날, 나는 떠지지 않는 눈을 뜨기 위해 텔레비전 볼륨을 한껏 높였다. 뉴스 시간이었다. 밤새 글을 썼기에 몸은 피곤하지만 기분은 좋았다. 커피물을 올려놓고 책상 정리를 하며 간간이 아침 뉴스에 눈과 귀를 기울였다.

그런데 '태어난 지 사흘 만에 돈에 팔려가고 1시간 만에 사기행각을 위해 또다시 팔려간 신생아. 그런데 아기는 3번째 엄마의 사기행각에 이용되다가 함께 철창행!'이라는 소설이나 동화 속에서조차 보기 힘든 소식이 들렸다.

나는 아예 의자에 앉았다. 그 갓난아기는 철수나 미영이라는 이름이 아닌 '철창 아기'로 불린다고 했다. 경찰관 등에 업혀 아동보호시설로 가는 날, 아기는 자신의 기구한 운명을 전혀 모른 채 죄와 벌, 복수와 용서 따위의 말 대신 그저 방긋방긋 웃었다고 한다.

요즈음 한 달에 평균 30명 정도의 아기들이 길바닥, 화장실, 쓰레기더미에서 발견되고 있다고 한다. 사연들이 어떻든 참으로 가여운 어린 생명들이다. 참으로 우리 어른들을 비참하게 만드는 더러운 통계이다. 그러나 이 '철창 아기' 소식은 그런 통계나 뉴스와는 전혀 다른 아픔이자 비참함으로 다가왔다. 이 세상 모든 엄마들이 모두 어미의 가슴을 갖고 있는 건 아닌가 보다.

암컷 여우도 처음엔 자식이고 뭐고 그저 혼자 사는 게 속 편하다며 지낸다. 다른 친구들이 결혼하고 자식 낳고 사는 걸 부러워하기보다 오히려 비웃었을지도 모른다.

'한심한 여자들이야. 혼자 살면 살림살이 안 하고 자식 때문에 속상할 일 전혀 없고 남편 뒤치다꺼리해주지 않아도 되는데! 그뿐이야? 시댁이니 뭐니 골치 아픈 일도 없이 우아하게 살 수 있는데 뭣하러 꼭 결혼해서 피곤한 인생을 살려고 하지? 저 여자 좀 봐. 자식을 둘이나 낳아서 몸매가 엉망이잖아!'

여우는 아마 이런 마음으로 거만하게 지냈을 것이다. 그리고 여느 때처

럼 먹잇감도 찾고 산책도 할 겸 숲속을 어슬렁거린다.

'어, 이게 뭐야? 새알이잖아!'

여우는 단번에 알을 꿀꺽하려 하는데 아직 배가 고프지 않다.

'옳지, 알을 품어서 새가 태어나면 그때 잡아먹자!'

여우에게는 일종의 비축식량인 셈이다. 여우는 즐거운 식사를 상상하며 알을 품는다. 비가 오거나 바람이 불 때, 여우가 방심한 틈을 타 오소리나 족제비들이 몇 번이나 알을 훔치려 하지만 번번이 실패한다. 여우의 계략을 아는 다람쥐들만이 새를 구출하기 위해 늘 노심초사한다.

그러던 어느 날, 드디어 새가 알을 깨고 나온다.

"흐흐, 이제 식사를 할까!"

입맛을 다시던 여우가 고개를 젓는다.

"너무 적잖아. 더 통통하게 키운 다음에 만찬을 즐겨야지!"

여우는 제2차 양육 작전에 들어간다. 아기새를 위해 지극 정성 먹이를 물어다주며 부잣집 외동이마냥 토실토실 키운다. 아기새는 이제 날 수 있지만 여우 곁을 떠나지 않는다.

"엄마, 나랑 놀아요." "엄마, 배고파요." "엄마가 이 세상에서 제일 좋아요!"

난처해진 여우.

"어쩌나, 난 네 엄마가 아니야. 그렇다고 그 놈의 정 때문에 잡아먹을 수도 없으니!"

급기야 여우는 아기새를 두고 떠나지만 머릿속엔 온통 홀로 두고 온 아기새 걱정뿐이다. 아기새의 울음소리가 애처로이 들린다.

"엄마! 어디 있어요? 무서워요!"

'나를 엄마라고 부르며 우는 저 애를 어떻게 해…… 어떻게 해……'

괴로워하던 여우가 일어선다. 여우는 어디를 향해 저렇게 힘차게 달리는

걸까?

아시마 이쿠요 글·그림, 허앵두 옮김

수신확인

어린이 청소년 권리조약 제27조-우리는 적절한 생활수준을 유지할 권리가 있
다. 부모님은 우리에게 먹고 입고 살 곳 등을 주어야 한다. 그리고 만일 부모님
이 어렵고 힘든 경우에는 나라에서 부모님을 도와주어야 한다.

도시가 좋니? 난 시골집이 그리워

　　　　　17년 전 나는 장편동화『상계동 아이들』을 썼다. 물론 이 작품을 쓸 때 나는 상계동의 작은 연립 지하방에서 살았고, 교회의 아이들과 함께했다. 그래서『상계동 아이들』은 동화이기 이전에 생생한 다큐이자 그때의 일기장인 셈이다. 다행히 이 책은 꾸준히 사랑받고 있다. 그런데 언제부터인가 항의와 원망을 듣게 됐다.

　"이제는 상계동이 엄청 발전해서 교수, 의사, 변호사가 몇 명이나 사는 줄 아느냐! 이런 책 때문에 집값 떨어진다!"

　소설『난쟁이가 쏘아올린 작은 공』처럼 행복동이라 했다면 이런 허탄한 일은 없지 않았을까. 그리고 나는 10년 전 파주의 한 초등학교에 다녀온 뒤 장편동화『심학산 아이들』을 썼고, 올 여름에 초등학교 어린이들과 선생님들과 함께 '심학산 문학탐방'을 했다. 그런데 그 초등학교를 방문했을 때 학교의 높은 분이 끝까지 굳은 얼굴로 설명했다.

　"지금 우리 학교 학생들은 아파트, 고급 빌라에 살아 생활수준이 상당히 높

습니다. 엄청나게 발전했습니다!"

　만약 내가 『심학산 아이들』의 등장인물들을 부유층이나 권력가의 자식들로
설정했다면 그 사람에게 환대를 받았을까. 이런 경우 헤르만 헤세의 소설『도
시』의 한 장면이 떠오른다.

　'발전해 가는구나!'

　새로 가설된 철로 위로 벌써 두 번째 기차가 승객과 석탄과 공구와 식료품을
가득 실은 채 도착했을 때 엔지니어가 내뱉은 말이었다. 들개들과 들소들은 황

무지에서 작업이 시작되고 한바탕 소동이 일어나는 것을, 녹색의 대지에 석탄
과 재와 종이와 양철 지붕의 마을이 생겨나는 것을 지켜보았다.

그러나 시골 마을의 노부부가 지은 '작은 집'은 평온하다. 봄이 되면 전화하
지 않아도 남쪽에서 울새가 돌아오고 채찍을 휘두르지 않아도 사과꽃은 꽃망
울을 터뜨린다. 영재 프로그램 없이도 아이들은 키가 크고 마음이 깊어진다.
여름 햇살 아래에서 하얀 데이지꽃들로 뒤덮이는 언덕을 바라보며 작은 집은
주인과 함께 설핏 졸기도 한다.

낮이 점점 짧아지고 첫서리가 지붕에 내리면 작은 집은 동네 사람들의 목소리가 하나로 들리는 가을걷이, 아이들의 웃음소리가 사방으로 흩어지는 사과 따기를 볼 수 있다. 밤이 길어진다. 겨울이 되면 따뜻한 집집마다 성탄절 준비로 분주하다. 한 해를 별 탈 없이 지내게 해준 신에 대한 감사를 빼놓는 건 상상도 못한다. 한 해가 가고 또 한 해가 찾아온다.

아이들은 어른이 되어 도시로 떠난다. 그런데 어느 날부터인가 밤이 되면 도시의 불빛이 더 밝고 더 가깝게 보인다는 걸 작은 집은 알게 된다. 작은 집은 하나도 변한 게 없는데 작은 집이 바라보는 세상은 너무도 빠르고 화려하게 변한다. 어제도 변하고 오늘도 변한다. 아마 내일도 변하리라.

"우리 마을도 발전하게 됩니다!"

사람들의 흥분된 목소리 뒤로 측량사들이 땅을 잰다. 작은 집은 그때서야 깨닫는다.

'아아, 사람들은 이런 변화를 발전이라고 하는구나.'

증기 삽차가 데이지꽃으로 덮인 언덕을 깎아 내고 길을 파고 트럭들이 커다란 돌, 자갈, 콜타르와 모래를 쏟아내더니 증기 롤러가 땅을 평평하게 고른다. 잡초 한 줄기라도 뿌리내릴 수 없을 만큼 완벽한 지하요새 같은 검은 도로가 만들어진다. 이것은 시작일 뿐이다. 전철이 다니고 마을은 조각조각 나뉜다. 더 많은 집들과 더 커진 집들, 하늘을 가리는 빌딩과 공장들이 작은 집을 빽빽하게 에워싼다. 지도자들은 이렇게 선전할 것이다.

"어떻게 원초적인 것으로부터 세련된 것이, 동물로부터 인간이, 야만인으로부터 교양인이, 궁핍으로부터 풍요가, 자연으로부터 문화가 생겨났는지 하는 놀라운 발전과 진보의 법칙을 여러분은 보고 있는 것입니다!"

작은 집도 처음에는 그 발전의 화려함, 세련됨, 명품화에 열광했다. 그러나 이제 작은 집은 호소한다. 사과나무를 보게 해주세요!

버지니아 리 버튼 글·그림, 홍연미 옮김

저들이 작은 집에게 말한다.
"발전을 위하여 너는 입 닥쳐!"
그리고 우리에게 권한다.
"상위 5프로 인생이 되고 싶으면 조용히 따라오세요. 그것이 변화와 발전의 대열에 동참하는 것입니다."

나, 아빠 아들이거든요

1922년에 평안남도에서 태어난 한 남자가 있다. 그는 소년 시절 강제로 일본군이 되어 많은 핍박을 당했지만 운 좋게 바다 너머로 끌려가 총알받이는 되지 않았다. 그런데 한국전쟁 때 다시 강제로 인민군 복을 입었다. 부모와 동생들 그리고 아내와 어린 자식들을 뒤로한 채 남쪽으로 내려왔다. 그러면서 그는 몇 번이나 죽을 고비를 넘기고 처음 본 남한의 또래 청년 군인들의 가슴에 총알을 쏘았다. 어느 순간, 눈 떠보니 낯선 섬이었고 포로가 되어 있었다.

'이제 어디로 가야 하나.'

그는 결국 남한을 택했다. 그는 어머니, 아버지, 여섯 동생 그리고 아내와 두 자식을 두고 남쪽으로 발을 돌렸다. 붉은 핏덩어리 가슴은 북을 향해 둔 채. 그리고 그는 남쪽의 한 처녀와 결혼했다. 신부와 나이 차이가 열세 살이나 났다. 남자는 나이를 여덟 살이나 속였다. 평안남도 강서에도 자식이 있는 그는 남한에서 낳은 자식들 중에서도 맏딸에게만 고향 이야기를 했다. 그는 맏딸을 자랑스러워했다. 그의 표현대로라면 맏딸이 '문사'였기 때문일지도 모른다.

"내가 죽으면 네가 강서에 가다오. 네 오빠와 언니가 있을 거야."

아부지, 나의 아부지!

나는 오남매의 당당한 맏이면서도 힘든 상황이 되면 구원자를 부르듯 "아부지!" 하고 외치고 싶다. '그'는 나의 아버지이다. 나는 전기기술자였던 아버지를 로봇박사처럼 여겼다. 아버지의 손이 닿으면 멈춘 것이 다시 움직이고 소리 내고 반짝반짝 빛을 내며 살아났다. 그때마다 내가 경험한 놀라움은 거의 경이로움에 가까웠다. 그래서인지 나는 '하나님 아버지!' 하고 기도할 때마다 아버지가 떠오른다. 모든 것을 살리시는 나의 아버지! 그는 마카오 신사처럼 늘 중절모를 썼고 성품도 깔끔했다. 아버지는 늘 우리에게 무섭고 슬프고 신기하며 재미난 이야기를 해주었다. 내가 작가가 된 것은 아버지의 온갖 '이야기' 때문일 것이다.

이 그림책의 아버지는 '아빠'로 불린다(아빠가 아닌 아버지로 부른다면 아버지들은 조금 행복해질까?). 어린 현호의 아빠는 재벌도 교수도 검사도 의사도 사장도 아닌, 그냥 '아빠'이다. 그냥 '아빠'이면 다 통하던 시대는 이미 지났는데도 아빠는 아들 앞에서만큼은 기고만장! 엄마한테는 아무리 억울해도 한 마디도 대들지(?) 못하고 사장님 앞에서는 숨소리도 나직나직 죽이면서도 아들 앞에서만은 자신을 세상의 온갖 표상이라 자찬한다. 그것도 별것 아닌 걸 가지고 말이다.

"아들아, 그것도 못하냐? 아빠는 말이야, 너만 했을 때 뭐든 일등이었어!"

"아들아, 사내대장부라면 이 정도는 해야지. 아빠처럼 말이야!"

"아빠가 결혼을 안 했다면 지금쯤 세계를 움직이는 인물이 됐을 거야! 하지만 지금은 가장의 임무가 더 중요하니 모든 욕망을 참아야지, 에헴!"

아빠의 일등 자랑은 끝이 없다. 공부 일등, 반찬 안 가리는 거 일등, 부모님 말 잘 듣는 거 일등, 심부름 일등, 심지어는 여자 친구 많은 것도 일등!

"아빠는 일등 어린이였다고!"

하지만 아들은 알고 있다. 아빠는 아들 앞에서 허풍 부리는 걸로, 엄마만 보면 단번에 얌전해지는 걸로, 할아버지 할머니한테 어리광부리는 걸로, 길거리에서 무섭게 문신한 아저씨들을 보면 살살 피하는 걸로, 똥배 나온 거 쏙 감추는 걸로 일등이란 걸!

그래도 현호는 모른 척한다. 가만 보니 아빠는 자기랑 몽땅 똑같다. 자기가
아빠를 닮은 게 아니라 아빠가 자기를 닮은 것 같다! 부전자전은 옛 속담이고
자전부전이 신세대 용어 같기도 하다.

노경실 글, 김진화 그림

 수신확인

이제 호랑이 같은 아빠는 하이에나 정도로 천대받는다. 집안일 잘하고, 엄마 말 잘 듣고, 아이들 눈높이에 맞게 놀아주고, 유행에 민감하며 복근을 만들고 스니 커즈도 신어야 대접이나 받을지. 아이들아, 그러지 마라. 너희는 호랑이의 으르 렁거리는 목덜미 아래의 가슴팍에 커다랗고 시커멓게 멍든 자국들을 본 적 있 더니?

제4장

참아름다워라,
그대여!

이 세상에서 가장 공평한 재산이며 기회인 시간에 대하여

　　　　　매년 새해가 되면 아이들은 무어든 '새것'을 외치지만 어른들은 그리 흥겹지 않다. 웬만한 공휴일은 토요일이나 일요일에 얹혀 있다. 경기 전망은 더 우울하다. 여기저기 돈 들어갈 생각 하면 그저 시간이 여기서 딱 멈추었으면 한다. 그러나 시간은 정확하다 못해 어려울 때일수록 냉정하고 비정하게 지나가는 듯하다. 그래도 우리는 포기하지 않는다. 내일 뜰 태양은 내일 보면 되고 오늘은 오늘 뜨는 태양을 볼 수 있는 것으로 족하다. 더 이상 욕심 부려보았자 결국은 내 가슴만 더 쪼그라들고 얼굴만 확 달아오른다는 것쯤은 이제 알고 있으니 말이다. 그래도 아이들에게는 큰소리친다.

　"부자한테는 황금이 있다지만 너한테는 지금이라는 시간, 즉 엄청난 무형의 재산이 있잖아? 그러니까 너는 아빠만 믿고 공부 열심히 하면 돼!"

　그리고는 아빠 자신도 믿지 않는 말을 한다.

　"얘야, 세상은 공평한 법이야. 네가 한 만큼 열매를 거두는 법이니까, 네 시간을 백분 활용하여 최선을 다해서 공부해. 그럼 네가 뿌린 대로 성공의 열매를 거둘 거야!"

그럴 때 아이는 속으로 중얼거린다.

"그런 데 왜 아빠는……."

마르쿠스 아우렐리우스는 말한다.

"이렇게 생각하고 살라. 그대는 지금이라도 곧 인생을 하직하지 않으면 안 되는 것이라고. 이렇게 생각하고 살라. 당신에게 남겨져 있는 지금 이 시간은 생각지 않은 선물이라고."

그런데 저 아이를 보라! 엄청난 호기심으로 늘 반짝이는 눈은 자기 배보다 더 크고 엉덩이에는 불을 매달고 있으며 두 발바닥에는 바람을 달고 있어서 잠시도 가만있지 못하고, 두 다리는 얼마나 긴지 온 세상을 감쌀 것 같은 아이. 물론 아이는 외계인도 판타지 속 주인공도 아니고, 엄친아나 엄친딸도 아니다. 그런데도 아이는 세상이 무섭지도 별로 넓지도 않으며 자기가 하고 싶은 일, 되고 싶은 것, 갖고 싶은 것 투성이인 놀이터로 생각한다. 숙제나 학원 공부만 끝내면 천하태평이다. 믿는 구석이 있는 건가?

"장난꾸러기에게 시간은 많이 많이 많이 있었어요. 장난꾸러기는 시간이 더 많은 시계를 가진 사람처럼 시간을 이용했어요."

작가는 주인공 아이를 장난꾸러기라고만 부른다. 이 세상의 모든 아이들을 주인공으로 생각하기 때문이다. 어른들이 정당한 이유이든, 무시무시한 이기심으로든 아이들을 미처 돌보지 못하거나 아예 관심이 없고 심지어 학대와 착취를 저지른다 해도 '시간'은 어린이들을 양육자이자, 후원자, 비밀금고에 든 재산처럼 지켜주고 있다. 아이들은 이것을 알고도 모른척 하는 걸까? 그래서 자신만만한 걸까?

"아이가 쌩하고 날아들어 오면 집 안에는 바람이 일고, 모든 방들은 소리와 즐거움으로 가득 찼어요."

아, 우리는 아이들만이 뿜어낼 수 있는 그 싱싱하고 정겨운 소리와 내음과 뽀얀 먼지덩이에서 얼마나 깊은 위안과 안도감을 맛보는가. 그래서 10분도 채 안 되는 그 즐거움 덕에 온갖 걱정을 잠시 잊고 찌질이 같은 삶이라고 자책

하는 하루의 나머지 23시간 50분을 보상받는다.
그러고 보면 우리는 아이들의 시간을 함께 나누어
쓰는 셈이다. 그렇다고 공짜로 쓰고 있다고
말한다면 어른들은 화를 낼 것이다.

"내가 아이들을 위해 얼마나 큰 희생을 치르고 있
는데! 내가 진정 하고 싶은 일은 차치하고 아주 소소
한, 너무도 소소한 나의 바람 같은 것조차 다 깔아뭉개고
자식을 위해 살고 있다고. 내 인생이 초라하고 비굴하게
느껴진 적이 한두 번인 줄 알아? 그렇다고 내가 자식한테
뭘 바라는 것도 아냐!"

핫핫, 어른들이 그러건 말건 아이들은 시간만 있으면 못할 게 없다. 아이들
에게 자신의 시간은 우주보다 넓고, 공룡보다 거대하며, 별보다 많고, 아빠보
다 힘이 세고, 엄마보다 인자하고, 친구처럼 반갑고, 초콜릿처럼 달콤하며,
슈퍼맨보다 전지전능하다.

지라우두 아우베스 핀투 글, 노경실 옮김

수신확인

브라질은 물론 빈부격차가 극심한 남미 어린이들이 가장 사랑한다는 책. 작가는
라틴아메리카 특유의 자유로움으로 이 세상에서 가장 공평한 재산이며 기회인
시간에 대하여 희망과 지혜를 전한다.

그래도……
희망의 지도 한 장을 그릴 수 있다면

       텔레비전은 물론 변변한 장난감 하나 없던 어린 시절, 특히 요즘처럼 추운 겨울날에 나는『사회과부도』를 펼쳐 놓고 동생들과 편을 나누어 '찾아보기 놀이'를 즐겨 했다. 나는 지도를 살핀 다음 동생들이 찾기 어려울 것 같은 도시 이름을 골라낸다.

  "레이캬비크를 찾아봐."

  그 순간 동생들은 지도 속으로, 아니 미지의 세상 속으로 빠져 들어간다. 그리고 마침내 "큰언니, 찾았어! 아이슬란드에 있네!" 한다. 그러다 보면 반나절이 훌쩍 지나고 배가 고파진다. 그리고 어른이 되었다. 하지만 나는 내가 동생들과 찾았던 세계의 수많은 도시들과 나라들을 향한 비행기에 오르지는 못했다. 나이 40이 되도록 단 한 번도!

  그런데 어느 날, 한 출판사에서 판촉용으로 나눠준 빨간 작은 수첩을 손에 쥐게 되었다. 수첩에는 책 제목이 씌어 있었다.『괴테의 이탈리아 여행』. 나는 볼펜으로 그 제목 위에 두 줄을 긋고 그 아래에 써 내려갔다. '노경실의 즐거운 전 유럽 무료여행!' 와! 이럴 수가? 사람이 정당한(?) 소망을 품으면 이루어지는 것인지. 나는 그 다음 해부터 출판일을 하게 되었고 핀란드부터 웬만한 유럽 지역을 짧은 기간씩이나마 다니게 되었다.

프랑크푸르트 도서전 때마다 아무리 바빠도 지도책을 내는 출판사의 전시관에 들른다. 내가 서울에서 태어나 몇십 년을 터줏대감처럼 살았지만 아직도 가보지 못한 동네, 걷지 않은 언덕과 골목이 더 많은데, 세계는 어떻겠는가! 할 수만 있다면 평생 세상의 모든 길과 골목과 언덕과 산의 능선을 걸으며 살고픈 마음은 오늘도 나를 지도 위도 걷게 한다. 그 길이 추위와 더위, 눈보라와 비바람, 뜨거운 햇살과 차가운 빗줄기 속이라 하더라도…….

폴란드에 사는 한 소년. 배가 몹시 고프고 춥다. 제2차 세계대전 중인데다가 유대인이기에 부모를 따라 이리저리 도망다니느라 늘 굶주리고, 사람들의 죽음을 목격하며, 아무 희망도 없이 살아간다.

그러던 어느 날 아침, 아빠는 빵 한 덩어리라도 구하려고 집을 나선다. 가족들은 빵을 기대하며 긴긴 하루를 보낸다. 하지만 아빠가 들고 온 것은 커다란 지도 한 장이다.

"내가 지도를 사왔어." "그 돈으로는 손톱만 한 빵밖에 못 사겠더라고. 그걸 먹어도 배고프긴 마찬가지일 거야."

소년은 화가 났다. 그날 밤, 배고픈 채 잠자리에 든 소년은 같은 방의 사람들이 저녁 먹는 것을 부러운 듯 바라볼 수밖에 없다. 빵을 씹는 소리가 듣기 싫어서 머리 끝까지 담요를 덮는다. 엄마는 실망으로 말을 잃고 소년은 울먹이다가 아빠를 용서하지 않겠다고 결심한다. 다음날 아빠는 지도를 벽에

건다. 아마 아빠는 벽 한 면을 전부 차지한 지도 앞에서 간절히 기도했을 것이다.

"앞으로 나보다 살아갈 날이 많은 아들아, 당장의 허기진 배를 채우지는 못하지만 희망으로 내일을 채우기 바란다."

읽을 책도 없고 마음대로 집 밖으로 나갈 수도 없기에 소년은 처음엔 심심풀이로 지도를 쳐다본다. 그러다 저도 모르게 세계 곳곳으로 발을 내딛기 시작한다. 뜨거운 모래사막 한가운데를 걸으며 눈부시도록 푸른 바닷가에서 헤엄을 치다가 만년설로 덮인 산을 추위와 싸우며 오르고, 열대 과일나무가 우거진 나라, 무시무시하면서도 신비한 조각들로 가득한 종교사원을 여행한다.

때로는 신밧드와 함께 배를 타고, 말을 달리며 아랍 여행을 하고, 고층빌딩의 숲, 대도시의 거리에서 사람들과 부딪히며 마음껏 돌아다닌다. 여행한 곳을 종이 위에 그리기도 한다. 그러면서 깨닫는다. 아빠가 옳았다고, 지도를 통한 희망이 당장 몸을 데우는 한 덩어리 빵만큼이나 귀하다는 것을! 덕분에 소년은 전쟁의 고통을 조용히 그리고 딱딱한 빵을 씹듯 담담히 통과한다.

내가 만난 꿈의 지도 | 시공주니어, 2008

유리 슐레비츠 글 · 그림, 김영선 옮김

 수신확인

우리의 불안한 벽에 희망의 지도 한 장 걸어보자. 돈이 더 있으면 더 행복하게 키울 수 있을 것 같은, 그래서 늘 안쓰럽게 안아주는 내 아이의 침대 머리 위에도!

어른들이여, 우화등선해본 적 있는가

며칠 전, 나는 햇살 다정한 오후에 산책을 하던 중 셀 수 없이 많은 꼬마 친구들의 환대를 받았다. 그 아이들은 아파트 바깥쪽을 따라 줄지어 선 목련나무들의 꽃봉오리였다. 보송보송 고운 은회색 솜털 옷을 입은 아이들은 이제 막 꼴을 갖추어 가는 탱탱한 어린 복숭아 같기도 하고 아주 작은 새가 막 낳은 알처럼 사랑스러웠다.

그 어린 손님들은 지난 겨울 하늘의 영광과 땅의 축복보다는 지상의 술 취함, 갖가지 비틀거림, 허망한 욕망의 불빛을 흠뻑 뒤집어쓰며 신음하던 나무들을 충분히 위로함은 물론, 계절의 시작을 축복하는 듯 보였다. 이 책의 작가도 그러했다. 어릴 적, 형과 함께 잠자리를 잡으며 놀던 그 파란 하늘 아래서의 눈부신 햇살 속에서 자연의 축복을 받았다. 그런데…….

"여름방학 때 형하고 둘이서 잠자리 잡는 데 열중했다. 특히 산골짜기의 산길을 침착하게 가는 장수잠자리에게 매료되었다. 하늘 높이 뭉게뭉게 피어오르는 센 비구름 아래서 밝은 햇살에 날개를 반짝이며 나는 장수잠자리의 모습은 내 꿈속에서조차 나타나 가슴을 두근거리게 했다. 그렇게 같이 다니던 셋째 형이 갑자기 죽은 것은, 서로 아버지가 되고, 그것도 서로 아이 셋을 두 게 되었을 때 일이었다. 나는 완전히 넋이 나가 그저 망연자실하게 보내고 있 었다. 그러다 형과 함께 한결같이 무심하게 살았던 시간인, 어린 시절의 황금 같은 시간을, 그리고 내 자신을 일으켜 세우기 위한 기도와 같은 작업으로 만든 게 바로 '잠자리 꽁꽁, 내 손끝에 앉아라!'였다. 그때처럼 형의 말을 마음 이나 귀에 새긴다면……. 그때처럼 마음이 풍부한 내 자신이 된다면……. 그 때처럼……. 수많은 생각이 멈추지 않고 가슴속에서 돌고 돌아, 몇 차례나 붓 을 멈추었던 것이 지금 새삼스럽게 떠오른다."

　　작가는 시처럼 아름답고 서러운 눈물처럼 가슴 아린 말을 썼다.

　　책 속에서 작가는 어릴 적 제 모습 그대로 등장한다. 아이는 무얼 보았나보 다. 친구들은 어디 갔는지 심심한 노인네처럼 흐느적거리듯 골목 안을, 가게 앞을 왔다갔다하던 아이가 뚝 제자리에 선다. 아이는 동네에 나타난 낯선, 그 리고 저보다 한참은 작아서 만만해 보이는 녀석을 살금살금 쫓아간다. 이내 타다닥 뛴다. 숨이 턱에 닿을 정도로 뛰지만 녀석은 보통 빠른 게 아니다.

　　쓰고 있는 모자를 던져 보지

만, 놓친다. 녀석이 물

가로 가네. 아이도 물

가로 달린다. 으앗, 철푸덕!! 에이, 왜 저 녀석은 잠시도 가만있지 않는 거야? 어? 녀석이 멈췄어. 그런데 녀석은 마술사인가? 바람에 쉼 없이 흔들거리는 가느다란 풀잎 끝에 앉았네. 와! 어떻게 저럴 수가 있지? 아이는 살살 다가간다. 잡았다! 어라? 녀석은 벌써 달아났어. 어떻게 할까? 그래 좋아! 나도 풀처럼 되는 거야! 아이는 풀밭 한가운데에 서서 한 손을 하늘을 향해 번쩍 들어올린다. 그리고 손가락 하나를 치켜세운다. 주문도 외운다.

"잠자리 꽁꽁, 내 손끝에 앉아라."

아이는 어느새 자기의 주문에 스스로 취한다. 햇살은 온몸을 따스하게 안아주고, 전혀 느끼지 못했던 흙냄새가 콧속으로 솔솔 들어온다. 바람도 엄마처럼 자기를 쓰다듬어준다는 걸 알게 된다. 게다가 자신이 바람에 이리저리 몸을 흔드는 풀이 된 기분은 또 무어람! 아이는 천천히 눈을 뜬다. 아이의 손

끝에 잠자리가 앉아 있다.

그런데 잠자리가 아이를 데리고 하늘을 날고 있어! 아이와 잠자리는 온종일 들판을 노닐고, 산을 오르고 내리며, 개울가를 빙빙 돌며 '논다'. 아이는 처음으로 즐거이 '논' 기분에 어른들이 말하는 벗과 함께 기분 좋게 술 취한 그것과는 '감히' 비교도 할 수 없는 취함에 빠진다.

우메다 요시코 글, 우메다　사쿠 그림, 엄혜숙 옮김

수신확인

아이는 처음에 우화(번데기가 날개 있는 어른벌레가 됨), 즉 날개돋이를 한다. 그러다 마침내 등선하여 하늘을 난다. 어른이여, 우리는 우화하여 등선해본 적이 언제였는지? 아니, 그런 적이 있었는지!

날아올라 진정한 행복을 맛보렴

보통 새끼 둘을 낳는 독수리는 자식들의 먹이를 위해 사냥을 하여 바위 절벽 틈에 있는 둥지로 돌아온다. 그 주기는 사나흘 정도이다가 점점 길어진다. 새끼들은 나는 법을 배울 때까지는 아찔한 높이의 둥지에서 며칠씩이고 저희들끼리 보낸다. 그런 와중에 필시 강한 놈이 약한 제 형제를 죽이고 먹어 치운다.

집에 돌아온 어미는 흩어진 깃털과 달랑 혼자 남은 새끼를 보고도 절대 그 일에 상관하지 않는다. 강한 자가 살아남는 게 자연법칙이다. 잘 키운 한 녀석이면 독수리 가문은 유지 계승될 수 있으니 말이다. 그러기에 약한 자를 강한 자가 보호하고 이끌어주며 함께 잘살아야 한다는 인간의 질서는 동물세계에서 보면 당치도 않다.

그렇다고 "양심도 사랑도 인정도 감정도 없는 동물들이니 그렇지!" 하며 그들을 무지막지한 미물 취급을 하는 것은 자연에 대한 무지와 무례함의 극치일 뿐이다. 이 세상의 모든 동식물은 평생을—어찌 보면 인간의 생존을 위해−낳고, 기르고, 살고, 죽는 일에 모든 것을 쏟기 때문이다. 그들이야말로 철저히 자연으로 살아가는 것이다. 그런데 도시인들, 도시의 아이들은 자연에게 얼마나 다가가려는 마음일까?

『연애소설을 읽던 노인』으로 잘 알려진 남미의 대표작가 세뿔베다는 우리를 북해의 엘바강에서부터 스페인 북부의 비스까야 하늘까지 단숨에 끌어들인다. 유럽의 언론들로부터 '8세부터 88세까지 읽을 수 있는 소설'이란 찬사를 받기도 하였으며, 어린아이에서부터 노인에 이르기까지 폭넓게 읽히는 철학동화의 고전으로 평가받는 이 책은 우리를 자연 앞으로 한 발자국 다가가게 도와준다.

어느 날 한 유조선이 짙은 안개 속에서 탱크 속을 청소하기 위해 독한 유독성 기름과 유해물질을 수천 리터씩 몰래 바닷속에 쏟아낸다. 그런데 이때 하필 어미 갈매기 켕가가 검은 역신의 제물이 된다. 죽음을 예감한 켕가는 죽을 힘을 다해 육지로 날아와 낯선 검은 고양이 소르바스 앞에서 알을 낳으며 마지막 말을 한다. "우리 아기에게 나는 법을 가르쳐주세요."

얼떨결에 맹세한 소르바스는 알을 품고 부화시키며, 동료들과 힘을 모아 자신과는 완전히 다른 세계의 어린 존재를 온 정성과 지혜를 다해 지켜나간다. 행운아라는 뜻의 '아포르뚜나다'라는 이름도 지어준다. 아포르뚜나다는 자신이 갈매기임을 모른 채 검은 고양이를 엄마로 알고 자라난다. 소르바스는 이제 그냥 그렇게 살아가도 된다.

하지만 바스는 아포르뚜나다에게 모든 것을 알려주고 시인의 도움을 받아 나는 법을 가르쳐준다. 날갯짓하는 것을 무서워하는 아포르뚜나다에

게 말한다.

"너는 갈매기이므로 하늘을 날아야 진정한 행복을 느낄 수 있단다. 그러면 네가 우리에게 가지는 감정과 우리가 네게 가지는 애정이 더욱 깊어지고 아름다워질 거야. 그것이 서로 다른 존재들끼리의 진정한 애정이지."

마침내 아포르뚜나다는 빗속의 하늘을 날게 되고, 소르바스는 눈물을 흘린다. 그리고 아포르뚜나다에게 말한다.

"우린 우리와는 다른 존재를 사랑하고 존중하며 아낄 수 있다는 사실을 배웠지. 우리와 같은 존재들을 받아들이고 사랑한다는 것은 아주 쉬운 일이야. 하지만 다른 존재를 사랑하고 인정한다는 것은 쉬운 일이 아니지. 그런데 너는 그것을 깨닫게 했어."

이 동화는 환경고발이야기를 넘어 사람과 사람에 대한 뜨거운 호소문이다. 너무도 외롭고, 제대로 되는 일 없는 나에게도 소르바스처럼 다정한 존재가 있으면 벌떡 일어나서 하늘을 가볍게 날 것 같은데. 하지만 이런 나를 기다리는 아포르뚜나다가 저 앞에 있음을 아는가!

루이스 세뿔베다 글, 이억배 그림, 유왕무 옮김

 수신확인

갈매기가 나는 법을 배우는 것은 성공과 출세 때문이 아니다.
신문 일면을 보라. 오늘도 권력의 생명이 한낱 여름매미의 요란한 울음소리보다 짧고 비참하게 땅바닥으로 추락하고 있는 것을. 왜 아이들에게 나는 법을 가르쳐야 하며, 너는 너다 라고 말해줘야 하는가에 대한 질문과 해답을 담은 책이다.

착한 어린이가 꼭 착한 사람일까

　　　　　　지난주 우연히도 만화가 윤승운 선생님을 만나게 되었다.『꼴찌와 한심이』『맹꽁이서당』 등 만화책을 너무도 재미있게 읽었고, 지금도 소중하게 간직한 책의 저자 분을 만난 기분은 마치 책 속의 주인공을 눈앞에서 본 듯했다. 그리고 휘익 시간을 거슬러 동생들과 함께 만화읽기의 재미에 빠졌던 흑백사진첩을 들춰보는 기분이었다. 이렇듯 만화에 대한 추억은 우리의 유년과 청소년시절의 '히스토리'에서 결코 빼놓을 수 없는 주요 사건인 경우가 허다하다. 특히 만화와 관련된 추억담을 듣노라면 만화를 보다가 부모에게 야단이나 맞고 매를 맞고 심지어는 만화책이 불살라지는 일화는 빠지지 않는다. 왜 우리는 이토록 만화를 미움을 넘어 증오했을까?

　　디지털 시대인 요즘 어린이 책 판매상황을 보면 학습만화를 포함한 만화류가 거의 상위권을 차지하고 있고 만화전문학교나 학과목이 인기 코스이기도 하다. 내 주위에도 자녀들이 간절히 원해서 비싼 학비 부담을 무릅쓰고 아이를 해외로 만화 유학 보낸 부모들이 여럿 있다. 그들은 당장은 힘들어도 희망을 품고 있다.

"조금만 고생하면 우리 아이들이 한국을 넘어 세계만화와 애니메이션계를 평정할 거야!"

유럽, 특히 프랑스에서의 만화는 그 위치가 우리보다 월등히 확고하며 매년 성인과 어린이를 위한 다양한 만화책이 출간되고 있다. 매년 2월에 열리는 프랑스 앙굴렘 만화페스티벌에는 세계 여러 나라에서 사람들이 몰려온다. 아직은 한국의 '만화'보다 일본의 '망가'로 통하지만, 놀랍게 발전하는 한국 만화의 수준은 곧 망가를 만화로 뒤집을 것이다.

많은 만화작가들이 활동하는 프랑스에서 출간된 『뒤코비는 너무해』 시리즈(모두 10권으로 『커닝대장 조심해』 『일등을 하고 말 테야』 『앗 나는 천재인가 봐』 『꼴찌 탈출 작전』 등등)는 전 세계 불어권 어린이들이 필독서처럼 읽고 있다. 매년 판매량이 2배로 늘고 있고 독자가 200만이 넘는 이 책의 인기비결은 무얼까? 사실 내용은 복잡하지 않으며 이야기는 비슷한 구조이다.

구구단이 세상에서 제일 싫지만 잔머리 굴리기로는 학교 최고인 뒤코비. 별명이 '구구단의 여인'이며, 늘 뒤코비와 옥신각신하지만 결정적인 순간에는 뒤코비의 수호천사가 되어주는 명랑발랄 소녀 레오니. 인체공부용 해골이지만 뒤코비의 마음을 잘 알아주고, 뒤코비의 장난을 다 받아주는 네네스. 그리고 뒤코비 때문에 단 하루도 편할 날이 없어 점점 말라가는 라투슈 담임 선생님.

이 네 명의 주인공이 학교에서 요절복통 펼치는 『영어의 달인』 『꼴찌가 되는 법』 『나만 미워해』 『선생님의 초상화』 『범생이의 비애』 등 각권당 30여 편이 넘는 총 340여 편의 이야기들은 학교와 사회, 어른들 속에서 생활하는 어린이들의 고민과 비판이 촌철살인의 웃음 속에 담겨 있다.

보호만 받는 유치원생들에 비해 초등학교 어린이들은 사회 속에서 별다른 권리도 의무도 없지만 어른들이 저질러놓은 일들, 만들어놓은 규칙, 때로는 강요하는 시스템 안에서 '무조건 착한 어린이'로 자라야 한다. 그래야 칭찬과 보상이 따른다. 게임기든 멋진 운동화이든 원하는 것을 얻을 수도 있다. 아이들도 잘 알기에 대부분 어른들의 입맛에 맞게 자라려고 노력하는 편이지만, 어느 학교이든 뒤코비 같은 학생이 있게 마련이다.

"난 내 마음대로 살 거야! 그렇다고 내가 그렇게 나쁜 짓을 하는 건 아니잖아?"

사고뭉치, 말썽쟁이, 미래가 한심해 보이는 아이 같지만 뒤코비는 성적우선, 일등제일, 성공만능 시대를 조롱하며, 그런 것에 희생당하는 아이들에게 잠시나마 위안을 주는 흑기사인 셈이다.

지드루 글, 고디 그림, 까띠 옮김

 수신확인

착한 어린이란 '왜' 대신에 '네!'라고 말하는 사람일까? 우리는 당장 귀찮고 편하기 위해 이런 아이를 원할 것이다. 아니, 우리도 그렇게 교육받고 양육되었다. 그래서 우리, 지금 행복한가?

'나쁜 사람'은 '좋은 짝꿍'을
만날 수 없을까

어느 청년모임과 자리를 한 적이 있었다. 그들은 결혼 문제로 고민이 많다고 했다. 어떤 배우자를 원하느냐고 묻자 남녀 모두 비슷한 말을 들려주었다. 처음에는 이렇게 시작했다.

"특별히 바라는 조건은 없어요. 그저 착하고 이해심과 배려할 줄 알고 지혜로우며……."

그러더니 점점 말이 늘었다.

"요즘 세상이 힘드니 함께 경제생활을 할 수 있도록 나보다는 좋은 직장에 다니면 좋고, 이왕이면 예쁘면(혹은 잘생기면) 좋고, 어른 잘 모시고, 나보다는 모든 면에서 나은 사람, 존경할 수 있는 점이 많은 사람이면 좋고……."

그래서 나는 크게 웃고서 물었다

"그런데 말이야, 그대들이 원하는 그런 좋은 사람이 뭣 하러 그대들과 결혼을 하겠어? 그리고 그대들은 이제껏 말한 그 많은 항목 앞에서 자신을 체크한다면 얼마나 점수가 나올까?"

나의 농담과 진담이 섞인 말에 청년들은 얼굴을 붉히며 웃었다.

"우리 문제가 바로 그거예요."

하지만 그 청년들을 다그칠 수만은 없다. 결혼이란 한번 시작하면 여간해
선 깨뜨릴 수 없다. 결혼은 영화를 보듯 적당히 고르는 오락이 아니다. 식당
에서 메뉴판을 보고 제 입맛에 맞게 고르는 음식이 아니다. 대형마트에서 값
이 저렴한데다가 원 플러스 원 행사처럼 주는 덤이 아니다. 그래서 신중하고
신중할 수밖에 없다. 오죽하면 어른들 말에 '여자는 남자 잘못 만나면 인생을
망치고, 남자는 여자 잘못 만나면 집안을 망친다'고 하랴.

'좋은 사람' 만나고 싶어하는 심정은 아이들도 같다. 그 시작은 줄리앙처럼
대부분 초등학교 때부터다. 담임선생님이 짝꿍끼리 서로 공부를 도와주는 '환
상의 짝꿍'이라는 게임을 만드는 바람에 줄리앙은 말레트와 짝꿍이 된다.

으악! 줄리앙은 울고 싶다. 인형처럼 예쁘고 천사처럼 다정다감하고 동생처
럼 말 잘 듣는 여자 짝꿍은 바라지도 않는다. 지저분하지 않고 말썽꾸러기만
아니면 될 뿐이다. 그런데 말레트는 학교 최고 악당인데다가 덩치도 엄청 크고
성질도 사납다. 매주 수요일 시험을 치르게 되면서 말레트는 본색을 드러낸다.
시험지 채점을 할 때 선생님 몰래 컴퍼스로 줄리앙의 허벅지를 쿡쿡 찔러대며
협박한다.

"어서 연필로 고쳐! 안 그러면 이따 학교 끝나고 묵사발로 만들 거야!"

줄리앙은 항복한다. 둘 다 시험성적이 좋게 나오고 선생님에게 칭찬도 받
는다. 줄리앙은 그 칭찬에 양심의 가책을 느껴 말레트의 명령에 저항도 해보
지만 돌아오는 건 무자비한 폭력뿐이다.

말레트처럼 괴물 같은 아이는 요즘 우리네 학교에서도 쉽게 볼 수 있다. 선생님의 눈을 피해서 아무렇지도 않게 친구들을 괴롭히는 아이, 날마다 웃으며 만나고 공부하는 같은 반 친구들을 아무런 가책 없이 괴롭혀대는 아이……. 괴롭힘을 당하는 아이의 마음은 어떠할까? 보복이 두려워 선생님이나 부모님한테 말하지도 못한다. 같은 반 친구들에겐 창피해서 말하지 않는다. 그러다 보니 피해자인 아이들은 심한 우울증에 걸리거나 극단의 선택을 하는 것이다.

　　줄리앙은 고민 끝에 미카엘에게 도움을 청한다. 이런! 줄리앙은 미카엘이 키만 큰 바보라고 무시를 했는데. 그러나 미카엘의 우정 어린 용기 덕분에 줄리앙은 수요일의 괴물에게 더 이상 시달리지 않게 된다. 해방이다. 게다가 미카엘이란 친구도 생겼다. 줄리앙은 복도 많네! 하지만 만약 줄리앙이 그 누구

에게도 도움을 청하지 않았다면 어떻게 되었을까? 말레트와 지내는 동안 줄리앙은 두려움과 또 다른 나쁜 일의 동조자가 되었을지도 모른다. 선생님이 줄리앙에게 이렇게 말하는 장면이 있다.

"줄리앙, 너한테 참 좋은 친구가 있더라. 네 친구가 널 구해 달라고 선생님한테 말해 줬어. 자기도 스티브 말레트한테 당할지도 모르면서! 선생님이 볼 때 미카엘은 참 용감하고 멋진 친구인 것 같아!"

다니엘르 시마르 글 · 그림, 이정주 옮김

수신확인

그런데 말레트는 우정의 짝꿍을 만날 수는 없는 걸까? 그렇다면 우리가 나쁘다고 외면하는 사람은 친구 없이 나쁘게 쭈욱 살아가야 하는가? 의문이 사라지지 않는다. 요즘 심각한 사회 범죄를 일으키는 자들 중에 어렸을 적부터 외톨이들이 많다. 한 살이라도 어렸을 때 그네들의 진정한 스승과 친구들이 단 한 명이라도 있었더라면.

서로가 구원이 되는 관계

　　　　후배 소설가의 전화를 받았다. 상위층 인맥 형성을 위해 유치원부터 골라가는 강남 아줌마들처럼 하진 못하지만, 이 친구 역시 그러한 이유로 두 아이를 다른 초등학교로 전학시켰다.

　그래서 2대째 살던 동네를 미련 없이 훌쩍 떠났다. 집값도 비싸고 아는 이 하나 없는 낯선 동네이지만 자식을 위해서는 못할 게 없다고 한다. 소설가 이전에 엄마로서 결단을 내린 그녀를 격려해야 하는지, 아니면 너만은 그러지 말았어야지 하고 혀를 차야 하는지……. 나는 아무 말 못 했다. 후배는 계속 말했다. 그 초등학교에 가면 좋은 인맥이 쭉 이어져 사회에 나아가서도 좀더 쉽고 편하게 살 수 있다고. 한 번만 만나도 '아는 사이'가 되어 웬만한 '거래'도 쉬워지는 우리네의 독특한 '안면사회' 탓이리라. 그리고 그 인맥으로 가끔씩 남보다 빠르게 혹은 쉽게 인생길을 갈 수도 있으리라는, 이상하지만 누구라도 마음속으로 믿고픈 현실 탓이리라.

　이런 뜻으로 보면『흔들흔들 다리 위에서』라는 제목은 든든한 배경과 권력

없이 사는 보통 사람들의 불안한 심리를 말한다고 생각할 수도 있다. 까딱 줄한 번 잘못 서면 밥줄 날아가는, 어리바리 눈치 한 번 잘못 보면 승진은 영영이별되는, 깜빡 상황 한 번 잘못 판단하면 주류에서 밀려나는, 그래서 로또아닌 이상 별 희망 없어 보이는 우리들은 마지막 보루처럼 자식을 부여잡는다. '너만은!' 또는 '너라도!' 그렇다면 내 자식은 이 책 속의 여우인가, 토끼인가? 문제는 여우는 토끼를 잡아 먹어야만 살 수 있고, 그것이 또한 사는 재미라는 거다. 하지만 토끼는 여우를 피해야만 살 수 있고, 그것이 또한 잘살 수있는 방법 중 하나라는 것!

며칠 동안 쉴 새 없이 내린 비로 숲속 다리들은 다 떠내려가고 달랑 남아 있는 외나무다리 위로 토끼 한 마리가 정신없이 도망간다. 그 뒤를 바짝 쫓고 있는 것은 여

우! 배고픔을 채우기 위해 쫓는 여우와 살기 위해 도망치는 토끼는 결코 친구가 될 수 없다. 토끼는 배고픈 여우의 코앞에서 잡힐 듯 말 듯 도망간다.

도망치는 자나 쫓는 자나 저마다의 사연이 절절하고 약이 오른다. 서서히 서로는 이제 지쳐간다. 마침내 둘은 외나무다리 양쪽 끝에서 마주한다. 한쪽이 조금만 잘못 움직이면 그야말로 둘 다 비명횡사다. 서로 조금씩 움직일 때마다 다리는 위험스레 흔들거리고 곧바로 추락할 상황. 여우는 잡아먹어야 살고 토끼는 도망가야 살 수 있는데 이걸 어쩌랴.

"크크큭, 이제 더는 도망 못 가겠지."

그러자 다리가 점점 기울기 시작한다.

"어, 멈춰. 더 이상 가까이 오지 말라고. 이러다 둘 다 떨어지겠어!"

토끼가 소리쳤다.

"으악! 크, 큰일 날 뻔했네!"

여우는 놀라서 우뚝 멈춰 섰다.

그렇게 시간이 지난다. 서로를 경계하고 달래고 으르고. 시간이 가는 동안 밤이 찾아온다. 으스스한 밤을 이겨내기 위해 둘은 이야기를 시작한다. 처음

에는 서로의 허점을 틈타 잡아먹거나 도망치려고 시작한 이야기였다. 형제 이야기, 지난 겨울을 보낸 이야기, 그동안 즐거웠던 이야기, 아슬아슬했던 순간들, 혼자서 외롭게 밤길을 지났던 이야기 등.

그러는 동안 지금은 서로 마주하고 있기에 추락하지 않고 살 수 있다는 사실을 깨닫는다. 그뿐이랴. 여우는 깜빡 조는 토끼가 떨어질까 걱정되어 깨우기까지 한다. 이제는 '밥' 이전에 서로의 존재가 구원이라는 걸 알게 된 둘은 마침내 외나무다리에서 떨어지는 절대 위기의 상황에서 힘을 모아 안전지대로 탈출한다. 그리고 헤어진다.

여우는 느긋하게 오줌을 누면서 조금만 소리로 이렇게 외쳤다.

"어이, 토끼야! 앞으로는 잡히지 마!"

그럼 토끼는 뭐라 답했을까.

"여우야, 앞으로 나만은 절대 잡아먹지 마!"일까?

은늘은늘 마기 우에서 | 집어림바니어, 2016

기무라 유이치 글, 하타 고시로 그림, 김정화 옮김

 수신확인

속지 마라, 애들아. 어른들이 말은 이렇게 하지만 여우는 여우이고, 토끼는 토끼란다. 사실은 오늘 아침에도 토끼 여럿이 비명도 없이 사라졌다는 소식을 부모들은 알고 있단다. 미안하다, 애들아. 그래도 너희들의 세상은 조금 달라지길 바라기에 이런 책들을 권하는 거란다.

예쁜 '롤라'를 뺏길 순 없어

쇠똥구리 부부가 아침부터 제 몸의 50배도 넘는 덩어리 하나를 영차 영차 굴리며 집을 향해 간다. 콜택시를 부르지도 않고 네비게이션도 보지 않고 하다못해 퀵서비스나 택배운송도 없다. 목적지까지 가는 동안 똥덩어리를 탐내는 불한당 무리를 적어도 두세 번은 만나 혈투를 벌이기도 한다. 그러나 자식을 낳아 배불리 잘 길러야 한다는 일념에 마침내 집까지 무사히 도착! 거의 한나절 동안의 대장정이다. 참으로 경이로운 장면 앞에서 그 지식과 지혜는 물론 지극한 자식사랑에 '본능'이라는 말은 오만하며 불경건하다고 생각들 정도이다.

문득 이번 3월 초에 크게 웃으며 듣던 뉴스가 생각났다. 아나운서가 전했다.

"은평 뉴타운 습지에 '산개구리 알 산란' 경사가 벌어졌습니다. 봄의 전령사로 알려진 산개구리가 경칩보다 열흘이나 앞선 지난 2월 24일부터 산란을 시작한 것입니다. 현재 대부분의 공사가 마무리되어 3지구를 분양 중인 건설회사는 은평 뉴타운을 생태뉴타운으로 조성하기 위해 각 지구별로 일부 습지를 보존하고 대체서식지를 조성해 개구리나 맹꽁이 등 양서류가 살 수 있는 터전을 마련했다고 합니다. 그런데 이번에 산개구리 수백여 마리가 집단으로 산란을 하고 있는 것으로 확인됐다고 합니다."

쇠똥구리이든 산개구리이든 제 자식을 낳고 기르기 위해 모두들 열심이다. 자기가 알고 있는 지식과 부릴 수 있는 지혜와 쏟아낼 수 있는 힘은 다 동원한다.

여기 이와 비슷한 이야기가 있다. 여러 동물들이 사이좋게 사는 농장에 어느 날 도착한 소식. 예쁜 분홍빛 드레스를 입는 꼬마 숙녀 롤라가 온다고 한다.

"롤라는 내가 돌봐 주는 게 좋을걸. 왜냐하면 롤라는 일찍 일어나야 하거

든. 세수하고, 밥 먹고, 학교도 일찍 가야 하잖아. 그러니까 롤라는 나하고 있어야 해."

제일 먼저 수탉이 날개를 퍼득거리며 소리친다.

"롤라는 내가 돌봐 줘야 해. 왜냐하면 내 털로 짠 따뜻한 외투와 좋은 양말을 신을 수 있잖아. 그러니까 롤라는 나하고 있어야 해."

농장에서 늘 점잖은 선생으로 존경받는 염소까지 말한다.

"롤라는 내가 돌봐 줘야 해. 롤라는 신선한 우유와 버터로 만든 샌드위치를 좋아하거든. 그러니까 롤라는 나하고 있어야 해."

젖소도 나선다.

"롤라는 내가 돌봐 줘야 해. 나는 빠르게 달리고 높은 담장을 훌쩍 뛰어넘을 수 있거든. 롤라는 아주 즐거워할 거야. 그러니까 롤라는 나하고 있어야 해."

말이 펄쩍 뛰며 말한다.

"롤라는 내가 돌봐 줘야 해. 롤라는 여자니까 머리를 단정하게 빗고, 옷을 깔끔하게 입어야 하거든. 나는 매일 손을 씻고 털을 고르지. 그러니까 롤라는 나하고 있어야 해."

고양이가 도도하게 말한다.

"쓸데 없는 소리들! 롤라는 내가 낳은 신선한 달걀과 삶은 달걀을 매일 먹을 수 있지. 흥, 그러니까 나하고 있어야 해"

암탉이 수선스럽게 말했다.

모두 "롤라, 롤라!"를 외치는데 결국은 자기자랑이다. 그동안 서로를 존경하고, 정의와 평등, 함께 하는 삶 등을 외치며 살았는데, 이제 난장판이다. 롤라를 위한다면서 모두들 제 힘과 자기만의 권력을 내세운다. 아예 한판 붙어

서 싸움이 벌어질 듯하다.

"롤라! 롤라! 너 어디에 있니?"

정신을 차린 듯 저마다 롤라를 찾는다.

한참 뒤에 농장 구석에서 통통이와 롤라를 찾는다.

롤라와 통통이는 진흙웅덩이에서 마음껏 재미있게 철퍽철퍽 뛰놀고 있다. 모두들 진흙투성이가 된 두 친구를 멍하니 바라본다.

"내가 롤라야!" "야호! 롤라 만세! 신나게 놀자!"

진흙투성이 얼굴로 활짝 웃으며 웅덩이 한가운데로 초대하는 롤라의 손짓에 모두들 억지로 고개를 끄덕인다.

베데 베스테라 글, 일제 로츠 그림, 송순섭 옮김

수신확인

날로 그 방법이 황홀해지는 자식에 대한 집착과 열정과 지혜는 인간진화 과정 중 물욕에 버금가는 자리를 차지할 것이다. 급기야 초등생 자녀의 생일파티를 호화 레스토랑이나 호텔 풀장에서 치르기 위해 '아주 상당히' 우습게 큰돈을 지불하는 걸 자랑처럼 여긴다는 뉴스를 들었다. 아, 방학이라 무료급식도 없는 판이데……

당신은 아직 안녕하시죠?

　　　　해마다 휴가철의 절정인 8월의 일주일 정도는 일산에 사는 나는 말 그대로 '자유로'의 자유를 즐길 수 있다. 자유로가 자동차에서 해방되는 기간이기 때문이다. 모두들 어디로 갔을까? 11년 전 일산으로 이사 올 즈음의 풍경이 이러했는데. 그래서 유럽의 중소 도시 같은 고즈넉한 느낌이라 참 좋았는데.

　지금의 일산은 애초의 계획인 30만 명을 배 이상으로 넘어선 상태다. 이제 곧 백만 도시가 될지도 모른다는 말도 있으니 1년에 한 번 오는 지금 같은 기회는 마음껏 누려야 한다. 나는 텅 빈 버스 안에서 자유로를 바라본다. 자가 운전자는 아니지만 "자유란 이 정도는 돼야지!" 하며 느긋이 버스 차창 밖 세상을 음미할 수 있다. 이렇게 나는 올해에도 선풍기 조종사가 되어 수도권을 지키며 여름을 보낸다. 그리고 소설가 보르헤스가 잭 런던의 단편소설 모음집 서문에서 한 말을 떠올린다.

　"키플링과 니체는 집 안에 틀어박혀 운명이 그들에게 거부한 모험과 위험

을 열망하기만 했다. 그 반면 적극적인 모험가들이었던 잭 런던과 헤밍웨이는 넓은 세상으로 나가 실제로 모험을 즐겼다."

그렇다면 우리는? 서양인들은 동양인에 비해 모험심이 강하며 그것은 익스트림 스포츠와 연결되기도 한다. 동양인, 특히 한국인들은 집 나가면 고생바가지, 역마살, 심지어는 집 밖에서 목숨을 다하는 걸 가장 불운하게 생각할 정도로 문 밖 멀리 나서는 걸 천한 일로 여기며 금기시하기까지 했다. 지금에야 있는 집 자식일수록 멀리 갈 수 있으니 세월의 변화를 다시 한 번 느낀다.

그렇다면 캐나다 야생 거위 에밀리는 어느 쪽일까? 에밀리는 아기 때부터 거위 떼에서 살짝 빠져나와 혼자 노는 걸 좋아했다.

그러던 어느 날, 야생 거위들이 여름을 나기 위해 멀고 먼 호수로 이동하던 도중 에밀리는 또 무리에서 빠져나와 다른 길로 날아갔다. 에밀리는 낯선 풍광, 처음 만나는 동물 친구, 식물 친구들과의 즐거움에 거위 가족을 까맣게 잊었다. 얼마나 신나게 놀았는지, 에밀리는 밤이 되기도 전에 풀밭 한가운데에서 곯아떨어졌다.

　다음날 에밀리가 깨어난 곳은 거위 농장이었다. 그곳에 사는 하얀 거위들이 친절하게 반겨주었다. 농장주인 부부는 에밀리에게 아무 조건 없이 맛난 걸 배불리 먹여주고, 밤에는 안전하고 포근한 창고에서 잠자게 해주었다. 게다가 어떤 거위도 에밀리를 귀찮게 하지 않았다. 에밀리는 아예 눌러 앉을 생각까지 했다.

　편안한 생활에 익숙해질 때쯤 에밀리는 뭔가 잘못됐다는 걸 알았다. 하얀 거위 친구들이 하나씩 차례대로 플라스틱 통에 깃털만 수북이 남긴 채 사라지는 것이 아닌가! 그 비밀을 알게 된 에밀리는 농장 탈출을 결심한다.

　에밀리는 용의주도하게 계획을 세웠다. 모든 준비가 다 되었다.

　그런데 이게 뭐람. 하필 야생 거위의 털갈이 때라 멀리 날아가려면 새 칼깃이 자라야 했다. 죽을지도 모른다는 두려움, 칼깃이 어서 자라야 한다는 초조감, 가족에 대한 그리움, 그리고 무모하기만 했던 자신의 일탈에 대한 후회로 에밀리는 농장 주인이 공짜로 제공하는 호화별식에도 입맛이 나지 않는다. 여우와 너구리의 야간 습격을 막아주는 안전한 창고 안에서도 악몽을 꾸었다. 마침내 악몽은 현실이 되어 에밀리가 통거위구이가 되는 아침 시간이 되었다. 에밀리는 칼깃이고 뭐고 무조건 날개를 파득파득거렸다.

　에잇, 될 대로 되라지! 에밀리는 튼튼한 날개를 힘차게 퍼덕이면서 있는 힘

을 다해 뛰쳐나갔다.

　어느새 칼깃이 다 자라 있었는지 에밀리는 저도 모르는 사이에 힘차게 하
늘을 날고 있었다. 약간 어지러웠다. 그러나 행복했다. 물론 에밀리는 지금
거위 가족과 행복하게 살고 있을 게다.

마르크 시몽 글·그림, 김서정 옮김

 수신확인

　혹시라도 이 책을 이런 용도로 사용하는 부모님이 있는 건 아닐까? "못된 거위
새끼처럼 집 나가면 개고생이고, 네가 자초해서 당하는 개고생에 눈 하나 까딱
안 할 거니까 알아서 잘 생각해!"

아빠는 꿈이 뭐였어요?

거센 폭풍우가 내리치는 지중해. 이탈리아 어부들이 등에 두 발의 총상을 입은 채 표류하고 있는 한 남자를 필사적으로 구해낸다. 그러나 그는 자신이 누구인지 모른다. 단서는 등에 입은 총상과 살 속에 박혀 있는 스위스 은행의 계좌번호뿐. 스위스로 간 그는 은행에 보관되어 있는 자신의 소지품을 살펴본다. 자신이 파리에서 '제이슨 본'이라는 이름으로 살았음을 알게 되지만, 여러 개의 가명으로 만들어진 여권을 보고 혼란에 빠진다. 진짜 나는 누구인가?

그런데 경찰과 군인에게까지 추격당하는 제이슨 본은 자신이 어떤 거대한 조직의 암살대상이며 '자신이 어떠한 인물이었는지'를 아는 것이 위험으로부터 벗어나는 길임을 깨닫는다. 그렇다면 목숨을 담보로 하는 위험이 있더라도 나를 찾아야 한다. 이제까지의 내 행적을 알아내야 한다. 하지만 자신의 존재를 찾아가면 찾아갈수록 어두운 미궁 속으로 빠져들게 하는 음모와 가공할 위협에 부딪히는데.

불이 환하게 켜진다. 눈을 찡그리며 영화관을 나선다. 어깨가 부서질 듯 부딪혀도 미안하다는 말조차 없이 호호 하하 지나가는 사람들을 헤치고 걷는다. 나는 스릴 넘치는 첩보영화의 주인공, 저들은 엑스트라. 열 발자국 정도 가는 동안 만큼은 나의 생은 황홀하여라! 사람들은 영화를 보며 소망한다. 목숨이 열 개도 더 되며 언제나 매력녀들을 품고 다니는 잘생긴 첩보원, 혹은 살짝 눈웃음만 쳐도 모두가 기절할 듯 쓰러지며 어떤 잘난 남자라도 손가락 하나만 흔들어주면 달려오는 세상 최고의 미녀가 되어보는 상상! 하지만 요즘 사람들은 이런 상상보다 모험과 탐험의 주인공이 되길 더 원한다.

운 좋게 제레미에게 그런 기회가 온 것 같다. 바닷가에 살아서인지 제레미의 큰 눈은 망원경처럼 바다와 세상을 향해 앞으로 툭 나와 있다. 그래서 제레미는 모든 것을 볼 수 있다. 아니, 세상 모든 것이 제레미의 눈 안에서 움직이는 듯하다. 제 맘껏 하늘을 나는 갈매기들, 어디로 와서 어디로 가는지 알 수 없지만 육지를 시시하게 바라보는 듯한 배들, 때로는 하늘에서 내려오고 때로는 바닷속에서 거침없이 솟아오르는 구름. 제레미는 부럽다.
"나는 기껏해야 어린이용 플라스틱 부삽으로 모래 장난밖에 못하는데! 그것도 한참 하면 엄마한테 혼나는데!"
그때 해적선이 다가온다. 길을 잘못 찾은 것이다. 무시무시하게 생긴 선장은 제레미가 파놓은 모래웅덩이를 보며 말한다.
"잘됐군. 우리 해적단은 보물을 땅속에 묻으러 가는데 너처럼 땅 잘 파는 사람이 필요해."
'보물? 해적? 정말 멋지다. 모래놀이는 유치해! 나도 이제는 어엿한 사나이

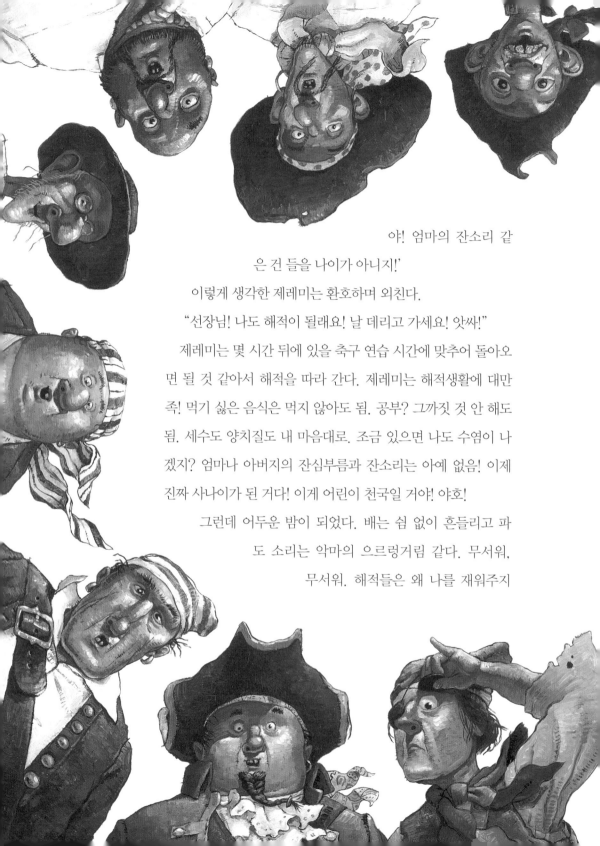

야! 엄마의 잔소리 같
은 건 들을 나이가 아니지!'

이렇게 생각한 제레미는 환호하며 외친다.

"선장님! 나도 해적이 될래요! 날 데리고 가세요! 앗싸!"

제레미는 몇 시간 뒤에 있을 축구 연습 시간에 맞추어 돌아오
면 될 것 같아서 해적을 따라 간다. 제레미는 해적생활에 대만
족! 먹기 싫은 음식은 먹지 않아도 됨. 공부? 그까짓 것 안 해도
됨. 세수도 양치질도 내 마음대로. 조금 있으면 나도 수염이 나
겠지? 엄마나 아버지의 잔심부름과 잔소리는 아예 없음! 이제
진짜 사나이가 된 거다! 이게 어린이 천국일 거야! 야호!

그런데 어두운 밤이 되었다. 배는 쉼 없이 흔들리고 파
도 소리는 악마의 으르렁거림 같다. 무서워,
무서워. 해적들은 왜 나를 재워주지

않을까? 밤에 이불 덮어주고 잘 자라며 뽀뽀해주거나 동화책 읽어주는 해적은 없네? 배를 집어삼킬 듯한 폭풍우가 치는데 걱정하지 말라며 토닥여주는 해적은 없네? 배가 아픈데 내 배를 살살 문질러주며 괜찮니? 라고 걱정해주는 해적은 없네? 내가 밥을 안 먹어도 몸 약해져, 어서 먹어, 말해주는 해적은 없네? 내일 학교 갈 준비는 다 했어? 소풍은 언제 간다던? 하며 나를 챙겨주는 해적은 없네?

제레미는 결심한다. 일단 축구 연습부터 하고 나중에 해적이 돼야 할 것 같아!

내가 어떻게 해적이 되었냐면 l 킨더랜드, 2007
멜린다 롱 글, 데이비드 섀넌 그림, 윤미연 옮김

수신확인

두 시간여 동안 검은 공간에서 홀로 숨을 죽인다. 영화처럼 생의 마지막은 해피엔딩이라는 보장만 있다면······

행운은 왜 그들에게만 손을 내미는가

NHK에서 제작한 「중국 초등학교의 학벌경쟁」이란 다큐 프로그램을 보았다. 강력한 1가구 1자녀 정책으로 '소황제'가 된 중국 어린이들의 삶은 고달프다. 미국 거지가 돼도 좋다며 조기유학을 보내거나 단 한 명의 자녀에게 집안의 흥망성쇠를 거는 병적일 정도의 자녀교육에 아이들은 숨 막히는 계획표와 채찍질 속에서 지낸다.

그러나 낙후된 농촌 지역에서는 두 자녀 이상 자식이 있어도 첫째 이외에는 호적에 올리지 못하는 경우가 허다하다.

이 아이들을 헤이얼黑兒, 즉 어둠의 자식들이라고 하는데 중국 내에서 심각한 사회문제가 되고 있다. 호적에 등록되지 않은 사람들이기에 학교도 다닐 수 없고 성장한 뒤에는 더욱 문제가 커지기 때문이다.

게다가 매년 1천만 명이 넘는 대학입학시험 응시생들과 졸업해도 아무런 보장 없는 취업 현실. 이 와중에 개혁개방의 기본 원칙인 '선부론'으로 빠른 경제성장을 이루었지만 덩샤오핑의 바람대로 먼저 부자 된 사람이 낙오된 이

들을 도와주지 못한 채 고질적인 빈부격차 문제가 교육의 극심한 양극화로 번지며 아이들을 괴롭히고 있다. 이것은 우리의 문제이기도 하다. 부자 10퍼센트가 75퍼센트(거주주택 제외 총자산)를 소유하여 하위 50퍼센트를 다 합해도 1퍼센트가 안 되며 상위 10퍼센트가 전체 자산 총액의 절반 이상을 소유한 자산 소유의 불평등으로 우리의 아이들도 '부잣집자식'이라야 이른바 '사회지도층인사'가 되는 모순 속에 놓여 있는 게 아닐까!

그렇다면 우리가 기댈 것은 영화 속에서나 일어나는 행운이나 변칙적인 요행이란 말인가? 여기 아일랜드의 행운에 대한 이야기가 있다. 아주 오래전 아일랜드에서는 행운이 언제 어디서나 원하기만 하면 누구나 얻을 수 있는 햇빛 같은 존재였다.

그런데 어느 날부터 아일랜드에 행운이 사라졌다. 기나긴 가뭄과 혹독한

기근으로 감자와 밀이 썩어간다. 암탉들은 알을 낳지 못하고 모두 절망한다. 왜 우리에게 이런 일이?

　사람들은 그제야 자기들이 얼마나 많은 축복과 셀 수 없는 행운 속에서 평안하게 살아왔는지 깨닫는다. 그러나 지금 당장 급한 것은 '빵'이다. 우선 먹어야, 배를 곯지 않아야 행운이며 은혜라고 생각할 수 있으니까. 그렇지 않으면 눈앞에 보이는 건 가물가물한 신기루뿐이니.

　그 시절 아일랜드에 피오나라는 지혜로운 아가씨가 살았다. 피오나는 행운이 사라진 게 레프리콘(땅속에 사는 아일랜드의 요정)의 짓인 줄 알았다. 피오나는 행운을 되찾을 방법을 궁리했다.

　피오나는 남은 돈을 모두 털어 젖소 한 마리와 닭 몇 마리를 샀다. 피오나는 아침마다 양동이에 하얀 횟가루를 탄 물을 우유처럼 들고 나왔다. 달걀바구니에는 솔방울을 가득 담고 하얀 보자기를 얹어서 달걀처럼 들고 다녔다. 수레에는 감자 대신 흙 묻은 돌멩이들을 싣고 감자포대처럼 싣고 집으로 갔다.

결국 세상에 행운이 남아 있다는 소문이 레프리콘 왕의 귀까지 들어갔다. 왕은 피오나를 당장 잡아오라고 명령한다. 사실 그 모든 건 피오나의 계략이었다. 몰래 숨어서 인간을 시험하는 레프리콘들을 향한 작전이다. 호랑이를 잡으려면 호랑이굴에 들어가야 하듯이 피오나는 요정의 왕과 대면하며 담판 지으려 한다.

마침내 피오나의 지혜로 아일랜드에 다시 행운이 온다. 비는 대지를 적시고 감자와 밀은 새싹을 피운다. 젖소와 암탉들은 아이들과 함께 기운차게 노래한다.

하지만 정작 행운을 되찾아온 피오나는 이렇게 말했다.

"행운이란 게 좋기는 좋지. 하지만 나라면? 난 행운보다는 내 지혜를 더 믿겠어."

피오나가 가져다 준 행운 | 주니어랜덤 , 2007
테레사 베이트먼 글, 켈리 머피 그림, 장미란 옮김

수신확인

'열쇠는 지혜!'라고 말은 하지만 내심 두렵다. 지혜마저도 '뭐든 넘치는' 자들의 교활한 시녀가 된 듯하여……. 그래도 우리 아이들에게 물려줄 가장 큰 유산은 지혜이다. 사람들이 열망하는 재산, 미모, 건강, 학벌 등. 이 모든 것들도 지혜 없이는 그 생명이 짧으므로.

사실, 나도 기댈 곳이 필요해

　어느 날, 나와 단 한 번도 손잡고 놀러 간 적 없고 밥을 먹은 적도 없는 아이가 내 옆에 앉아요. 그날부터 서로의 마음에 들건 들지 않건 그 아이와 나는 같은 자리에 나란히 앉아 날마다 하루의 반나절을 보내야 해요. 그 아이는 바로 '짝꿍'이에요. 선생님이 정해준 짝꿍이 마음에 들면 다행이지만 그렇지 않으면 어떻게 하지요? 짝꿍이 싫어서 학교 가는 것이 싫고 마음속에 병이 생긴다면요? 사랑하다가 헤어지는 어른들처럼 짝꿍과는 그렇게 마음대로 헤어질 수도 없잖아요?

　피식 웃음이 나오는 이 이야기는 유치원에서 '공주님 왕자님' 대접 받던 좋은 시절을 보내고, 드디어 진짜(?) 인생의 길로 접어든 초등학교 1학년 어린이들을 위한 동화책 『짝꿍 바꿔주세요』에 나오는 작가의 말 중 한 부분이다.

　그런데 어른들이 알기나 할까? (애인과 헤어지거나 이혼하게 되면, 그동안 만난 날들, 그 시간들만큼의 세월이 또 흘러야 겨우 진정되고 망각의 축복을 받는다는 어른들이) 아이들이 첫 공동체 생활 속에서 같은 반 친구나 짝꿍 때문에 얼마나 즐거워하고 또 얼마나 힘들어하는지?

'짝꿍' 때문에 힘든 건 아이들만은 아니다. 엄마 아빠들도 이런 고민을 말하는 경우가 종종 있다. 한 지인에게 물었다.

"결혼한 지 몇 년 되셨나요?"

"벌써 55년입니다."

"와, 한 사람과 55년을 지낸다는 것, 정말 멋있습니다. 선생님."

나는 진심으로 말했다. 그랬더니 그분은 껄껄 웃으며 말씀하셨다.

"뭔 소리를. 내일은 이혼해야지, 이혼해야지하면서 보낸 55년이라오."

속마음을 말한 것이 쑥스러워 웃음소리를 크게 낸 건지, 아니면 진정 짝꿍을 못 바꾸고 앞으로 또 40년을 살아야 할 인생을 생각하니 허탄해서 소리를 낸 건지 알 수 없었다. 그러고 보면 어른이나 아이들이나 어떤 짝꿍을 만나느냐가 일단 행불행의 첫 단추를 끼우는 것이던가.

어느 유치원에 아침부터 작은 소동이 일어난다.

유치원에 새 친구가 들어온다는 말에 동물 친구들은 신이 났다.

아이들은 새 친구 보리스를 머릿속에 그려본다. 토끼 레티는 겨우 걸어 다니는 예쁜 분홍색과 예쁜 얼굴을 한 아기 곰을, 두더지 맥스는 발바닥이 부드럽고 마음씨도 그만큼 고운 갈색 아기곰을, 생쥐들은 멋진 모자를 쓰고 예의도 반듯한 꼬마 신사 아기곰을, 여우 퍼거스는 함께 장난치고 놀 수 있는 명랑하면서도 만능 운동선수인 곰을 상상한다.

어? 그런데 새 친구 보리스가 교실에 들어오자, 모두들 비명을 지른다.

왜냐하면 보리스는 귀여운 곰이 아니라 커다랗고 무시무시한 털북숭이 곰이었기 때문이다.

　보리스는 그래도 당당하게 보이려고 멋지게 의자에 앉는데 그만 의자가 우지끈! 다정하고 예의바른 모습을 보여주려고 씨익 웃는데 보리스의 뾰족한 이빨과 날카로운 발톱이 쑥 나온다!

　"보리스는 너무 커요!"

"보리스는 털이 너무 많아요!"

"보리스는 너무 무서워요!"

그날부터 아이들은 보리스가 싫다며 징징! 무섭다며 앙앙! 보리스 근처에도 가지 않는다. 그런데 어느 날, 아이들이 집에 가는 길에 깡패 쥐 일당이 나타난다.

"겁쟁이 꼬맹이들, 마침 잘 만났다."

모두 덜덜 떨지만 보리스에게는 인생역전의 기회가 된다.

아이들이 싫어하던 보리스의 커다란 목소리는 구원의 나팔 소리가 된 것이
다. 보리스는 목소리만으로도 깡패 쥐들을 쫓아낸다. 다음날부터 아이들은
새 노래를 부른다.

"보리스는 털북숭이 곰"

"보리스는 무시무시한 곰"

"보리스가 우리 친구라서 좋아요."

캐리 웨스턴 글, 팀 원스 그림, 송주은 옮김

수신확인

사건 다음날부터 '보리스 찬가'를 부르는 아이들. 그들도 인생을 요령 있게 사
는 기본 법칙 정도는 안다. 물론 그 모든 건 어른에게서 배운 것이다. 참, 자알.
배운다! 그런데 만약 보리스가 아이들에게 도움을 주지 못했다면 보리스는 영영
혼자가 되는 건가?

KI신서 3117

노경실의
세상을 읽는 책과 그림이야기

1판 1쇄 인쇄 2011년 1월 25일
1판 1쇄 발행 2011년 1월 30일

지은이 노경실
펴낸이 김영곤 **펴낸곳** (주)북이십일 21세기북스
출판콘텐츠사업부문장 정성진 **TF팀장** 안현주
기획 유승재 **편집** 북이데아 김춘길 **디자인** 표지 본문 김진디자인
마케팅영업본부장 최창규 **마케팅** 김보미 허정민 김현유 강서영 **영업** 이경희 우세웅 허민형
출판등록 2000년 5월 6일 제10-1965호
주소 (우 413-756) 경기도 파주시 교하읍 문발리 파주출판단지 518-3
대표전화 031-955-2100 **팩스** 031-955-2151 **이메일** book21@book21.co.kr
홈페이지 www.book21.com **블로그** blog.naver.com/book_21 **트위터** @21cbook